走进书中，聆听他们的故事

爱逢对手

那些势均力敌的爱情

白凝 ——— 著

万卷出版有限责任公司
VOLUMES PUBLISHING COMPANY

图书在版编目（CIP）数据

爱逢对手：那些势均力敌的爱情 / 白凝著.
沈阳：万卷出版有限责任公司, 2025. 8. —— ISBN 978-7-5470-6710-9

Ⅰ.I25

中国国家版本馆CIP数据核字第20252P1A95号

出 品 人：王维良
出版发行：万卷出版有限责任公司
　　　　　（地址：沈阳市和平区十一纬路29号　邮编：110003）
印 刷 者：辽宁新华印务有限公司
经 销 者：全国新华书店
幅面尺寸：145 mm×210 mm
字　　数：145千字
印　　张：7
出版时间：2025年8月第1版
印刷时间：2025年8月第1次印刷
责任编辑：朱婷婷
责任校对：张　莹
装帧设计：琥珀视觉
ISBN 978-7-5470-6710-9
定　　价：39.80元
联系电话：024-23284090
传　　真：024-23284448

常年法律顾问：王　伟　版权所有　侵权必究　举报电话：024-23284090
如有印装质量问题，请与印刷厂联系。联系电话：024-31255233

内容简介

　　爱情也许是"结发为夫妻,恩爱两不疑"的甜蜜交好,也许是"愿为西南风,长逝入君怀"的美丽忧愁,也许是"相思了无益,悔当初相见"的无可奈何,也许是"愿得一心人,白头不相离"的忠贞美好。

　　势均力敌的爱情,是生活中最温暖的光,照亮我们前行的道路;是心灵的避风港,给予我们慰藉与力量。它让我们在漫长的人生旅途中不再孤单。愿我们都能相信爱情,勇敢追求,在茫茫人海中,找到那个与自己势均力敌的人,携手走过每一个春夏秋冬,共同书写属于彼此的精彩人生。

序言

佛说，前世五百年的回眸，才换来今生的擦肩而过。我说，今生的相遇，是前世的不离不弃。风吹絮飞，雾散云聚，红尘万丈终有时，前尘莫负今生聚。此去经年，爱情一如昨。有多少爱情故事在悲恸离殇时红了眼，又有多少爱情故事在欢聚团圆间暖了心。

在古典文学里，从来都不缺歌颂爱情的篇章，最绚丽的色彩、最浪漫的情书、最震撼人心的告白，全都因爱而生，丰富了一个个时代。旗鼓相当的爱，如星辰相互辉映，绽放出至美的光芒。墨客骚人极尽奢华之辞藻、绚烂之技巧，将爱情奉上神坛。在书卷里，爱情是"两情若是久长时，又岂在朝朝暮暮"的豪情许诺，是"天涯地角有穷时，只有相思无尽处"的刻骨相思，是"曾经沧海难为水，除却巫山不是云"的非你不可的誓言。

一个人的歌咏始终是难成曲调的,琴瑟相和才是爱情的至境。无论是邂逅恋爱还是相思离愁,都应该有两个人的身影、两个人的声音。

像大观园里才情斐然的女子,在几千年的中国社会里自然是不缺的,可是她们,却永远被禁锢在闺阁深宅中,被当作一件精美的摆件任人处置。纵是满腹诗书又如何,连做人的权利都被剥夺了,又哪里会有什么爱情?爱情若不能建立在平等的基础上,也终究只能是一场盛大的辜负。只有这些女子都坚强起来,独立地走到世人面前,才能成就浪漫的爱情。

文人的爱情,骨子里就带着浪漫缠绵的色彩。他们本来就是爱与美好的坚定信仰者,如今切身陷入爱情里面,那说不完的情话便像火山一样爆发了。从最初邂逅的爱的悸动,到必须表达出来的心意,再到陷入爱情之后两人火热的关切,甚至于分离之后无尽的愁楚,全都倾吐在纸笔里,成了拨动灵魂的文字。

沈从文一句"我行过许多地方的桥,看过许多次数的云,喝过许多种类的酒,却只爱过一个正当最好年龄的人"被奉为情话的经典。在湘行书简里,他把所看到的风景配上画,慢慢写给心上人听,这书信丝毫不比他匠心打造的散文差,甚至更精彩。徐志摩把陆小曼捧在掌心,他连声轻唤"我的眉,我的爱,我的宝",语气之温柔缠绵简直就要让人醉了,一本《爱眉札记》就是一个诗人甜蜜的心事。文笔尖锐胜过刀剑的鲁迅先生,居然也会在爱人的面前变作痴情的小白象。即便是年近古稀,梁实秋也勇敢地追逐着自己的爱情……

这些活在故事里的人物,在他们写给爱人的信里全都回归了痴情儿女的本来模样。他们的爱人是同样有才情的女子,黑牡丹一样俏皮活泼的张兆和、精彩纷呈的舞者陆小曼、以昆曲动人的陈竹隐……她们不仅是爱情中的被追求者,有时候也是爱情的主导者,她们从来都是故事的主角,绝不会因为站在大师身边就失去了自己的色彩。

他们往往有着共同的兴趣爱好和理想追求,不仅是生活上的伴侣,更是精神世界的知音。正因如此,这爱情才分外动人。

每一段情事,都隐匿着独属于它的馥郁芬芳。那些交织着心动与眷恋的故事,或炽烈如焰,或温婉似月,姿态万千,无一不演绎着令人心醉神迷的绮梦华章。愿它们能在快节奏的今天,成为你更热爱生活、更相信爱情的一个缘由。

目录

内容简介   1
序言   1

第一章　相濡以沫　爱你是我的选择

钱锺书与杨绛
从未后悔娶她   003

梁思成与林徽因
我的文章都是林先生润笔过的   019

朱生豪与宋清如
才子佳人，柴米夫妻   029

司马相如和卓文君
愿得一心人，白头不相离   040

第二章　海枯石烂　爱在人间最美好的样子

冼星海致钱韵玲
两地遥隔，能不依依？   051

赵孟頫与管道昇
  一生唯愿你侬我侬   061
赵明诚与李清照
  至死不渝   071
吴文藻致冰心
  纵横地写遍了相思   080

第三章　魂牵梦萦　父母之命，媒妁之言

闻一多致高孝贞
  一切都是为你   093
胡适与江冬秀
  旧约十三年，环游七万里   106
陆游与唐婉
  山盟虽在，锦书难托   117

第四章　之死靡它　关上一扇门，打开一扇窗

鲁迅与许广平
  一心一意向着爱的方向奔驰   129

瞿秋白与杨之华
　　秋之白华　　　　　　　　　141
李唯建与庐隐
　　我愿为你受尽一切的苦恼　　152
朱自清与陈竹隐
　　谢谢你给我的力量　　　　　161

第五章　情有独钟　即使短暂也要灿烂

陶行知与吴树琴
　　两相情愿，终身合作　　　　175
林觉民与陈意映
　　意映卿卿如晤　　　　　　　184
高君宇与石评梅
　　一片红叶寄相思　　　　　　193

后记　　　　　　　　　　　　　　205

第一章

相濡以沫　爱你是我的选择

钱锺书与杨绛

从未后悔娶她

> 我见到她之前,从未想到要结婚;
>
> 我娶了她几十年,从未后悔娶她;
>
> 也未想过要娶别的女人。

1911年7月17日,一个漂亮可爱的小女孩儿在北平呱呱落地,她就是杨家的第三个女儿,父亲杨荫杭为她起名为季康,小名阿季。因为家中姊妹嘴上偷懒,总是把"季康"连起来念成"绛",阿季干脆就把"绛"视作自己的第二个名字。

后来,她在上海一家小学担任代理教员期间,写出了一部红遍大江南北的喜剧作品——《称心如意》,那便是她第一次以"杨绛"的身份出现在大众眼前。

天资聪颖的阿季自幼在父亲的熏陶下长大，接受过良好的教育。初入学校时，或许是学堂里教授的内容对她而言太过简单，她不专心听课，而是淘气地在座位上玩游戏。老师看到她这样很生气，就要她站起来回答问题，没想到她全都对答如流，老师也拿她没有办法。

有趣的是，阿季长大懂事之后，就打定了主意要去清华大学的文学系念书，对其他同样优秀的高等学府则一概不感兴趣，其中具体的缘由恐怕连她自己也说不明白。她的母亲打趣道："阿季的脚下拴着月下老人的红丝呢，所以心心念念只想考清华。"不得不说是一语中的。

1928年，十七岁的阿季高中毕业，正要迈入大学的门槛，孰料那年清华大学在南方没有招收女生的名额。无奈之下，她只好退而求其次，进入了没有文学系的东吴大学。因为对政治系的内容毫不"感冒"，她对学校里的课程都是敷衍了事，比起学习枯燥的内容，她更愿意一个人待在图书馆里阅读文学类的书籍。

如此三年下来，她对文学的兴趣更是一发不可收拾。

1932年初，东吴大学因学生运动而停课。趁着这个机会，季康毅然决定要北上借读。为此，杨父也是纠结了很久，他对小女儿的安危不甚放心，却又不忍阻拦她追求自己的梦想，只能在确保安全且有同学相伴的前提下答应了下来。

除了家里的父母姊妹，还有一人也为她独自远行的事情操碎了心，他就是一直对阿季念念不忘的费孝通。

费孝通与季康结识于青春正茂的年华，很快就倾心于她的美貌和才华，一心一意地将她视为自己的初恋对象。后来，他们一同求学于东吴大学，几年的了解和相处更是让他的痴心坚如磐石。因为担心在校园里颇受欢迎的季康被别的男孩子觊觎，他对外放出话来："我和季康是老同学了，早就跟她认识，你们要想追她，还得走我的门路。"

直到遇到停学的风波，费孝通离开南方，转而去了燕京大学，也就是现在的北京大学。奈何"落花有意，流水无情"，季康对他一直是以礼相待，只以朋友的身份来往。

此时，季康也果断放弃了美国韦尔斯利学院的奖学金，与好友周芬，以及同班学友孙令衔、徐献瑜、沈福彭结伴北上，去燕京大学寄读。

那时南北交通不便，由苏州坐火车到南京，由渡船摆渡过长江，改乘津浦路火车，路上走了三天。她丝毫无惧长途跋涉之艰辛，仿佛红线的那头，远在北平的爱人正在召唤着姗姗来迟的她。

到了燕山大学，五人分别住进男女生宿舍。之后，他们须经考试方能注册入学。季康考试一完，便急着要到清华去看望老友蒋恩钿，孙令衔也要去清华看望表兄，两人同到清华，先找到女生宿舍古月堂，孙令衔去寻找表兄。他们约定晚上在古月堂门口汇合，一同回燕京大学。

蒋恩钿与季康见面后非常高兴，还邀请季康到清华借读，打算为她去打听借读清华的事。

到了晚上约定的时间，季康从古月堂姗姗而出，见孙令衔的旁边站着一位俊朗挺拔的男生，这人正是钱锺书。孙令衔对表兄说："这是杨季康。"又向季康说："这是我表兄钱锺书。"

缬眼容光忆见初，蔷薇新瓣浸醍醐。
不知醮洗儿时面，曾取红花和雪无？

初见佳人真容，钱锺书眼前一亮，犹如醍醐灌顶，只见她面容清秀白皙，气质清逸温婉，不禁让人暗自揣测她小时候是不是用红花和雪来洗面，才出落得这样娇柔白嫩。就这惊鸿一瞥，仿佛突然撞开了他情窦初开的心房。

当时，钱锺书身上是知识分子的标准装扮。他穿一件青布大褂，一双毛底布鞋，戴一副老式大眼镜，一点也不翩翩。

晚年的杨绛回忆往事，这样幽默地打趣。但那古板的衣着自然是掩饰不住青年的锋芒，他炯炯有神的目光，眉宇间蔚然而深秀的气度，也同样深深地吸引了那个稚嫩的女孩儿。

唐小姐妩媚端正的圆脸，有两个浅酒涡。天生着一般女人要花钱费时、调脂和粉来仿造的好脸色，新鲜得使人见了忘掉口渴而又觉嘴馋，仿佛是好水果。她眼睛并不顶大,可是灵活温柔……她头发没烫,眉毛不镊,口红也没有擦……总而言之,唐小姐是摩登文明社会里那桩罕物——一个真正的女孩子。有许多都市女孩子已经是装模作样的早熟女人,算不得孩子;有许多女孩子只是浑沌痴顽的无性别孩子,还说不上女人。方鸿渐立刻想在她心上造个好印象。

这一幕,就是《围城》中方鸿渐第一次见到唐晓芙而怦然心动的场景,虽然彼此只是稍做寒暄就各自离去,却又好似姻缘前定,两个不谙情事的人只此匆匆一面的偶然相逢,就再也难以相互忘怀。

之后,蒋恩钿很快为季康办好借读清华的手续。借读清华,不需考试,有住处就行。

季康与钱锺书的见面对费孝通而言,不得不说是"成也孙令衔,败也孙令衔"。

为了彻底断绝情敌的打扰,费孝通早有准备,在季康抵达北平之后,他让与季康同行的好友孙令衔四处散播"名花有主"的消息,使得不少爱慕季康的男生都打了退堂鼓。

后来,尽管孙令衔多次告诉表兄"杨季康有男朋友",但钱锺书还是对那个优雅娴静的姑娘念念不忘,定要向她表明自己爱慕的心意才肯罢休。很快,他就写了一封书信给阿季,约她出来见面,同样地,阿季也很欣赏他的才华,欣然答应下来。

没有过多考虑，钱锺书开口第一句话就迫不及待地向她表明了自己的婚恋状况："外界传说我已经订婚，这不是事实，请你不要相信。"

这厢，季康也舍去了姑娘家的矜持，赶紧澄清自己身上的流言蜚语："坊间传闻追求我的男孩子有孔门弟子'七十二人'之多，也有人说费孝通是我的男朋友，这也不是事实。"

这一段不含蓄的对话，看似直截了当让人觉得好笑，但是细细想来却又饱含青涩的诚意。或许这两个年轻人自己也没有想到，几十年之后，他们在古月堂前初见的故事，竟成了"一见钟情"的教科书式的范例，被后人传为一段经典的佳话。

夫妻该是终身的朋友，夫妻间最重要的是朋友关系，即使不是知心的朋友，至少也该是能做伴侣的朋友或互相尊重的伴侣。情人而非朋友的关系是不能持久的。

杨绛对婚姻的解读从某种程度上也反映了她与钱锺书的关系。仿佛是命中注定的相逢，仅有一面之缘的两人之间没有丝毫陌生的尴尬，反而一见如故，侃侃而谈，恰巧他们在文学上又有着共同的爱好和追求，美好的第一印象和愉快的交往气氛使他们情愫互生。人言常道"一眼万年"，用来形容此二人的初遇，再恰当不过了。

> 他放假就回家了,我难受了好多时。冷静下来,觉得不好,这是fall in love了。

从此两人便开始鸿雁往来,甚至越写越勤,到了一天一封的地步,迟钝的季康这才觉出彼此的心意,开始了他们长达六十余年的爱情生活。

在校园恋爱中,最幸福的画面是什么?

一番精心的梳妆打扮后,她满心欢喜地向宿舍楼下走去,还没有迈出大门,就能远远地望见门外许多焦灼等候的身影。有的在原地来回踱着小步,有的仰头望着楼上明亮的灯光,有的则与一旁相识的好友轻声交谈,不约而同的是,他们的眼中都是热切的期盼。

她轻巧地加快了步子,小跑着走到门外。经年的路灯下,光线晦暗,枝杈斑驳,人影错落交织在一起,但她从不需要呼喊他的名字,仅仅凭着默契和熟悉,就能立刻在纷乱的光影之中找到属于自己的那个人,然后婷婷袅袅地踱步而去。那头,他也像有所感应似的,微笑着迎了过来。

然而好景不长,他们形影不离的生活只持续了一年多。

1933年的夏天,钱锺书毕业了,他面临着就业或者继续留校进修的抉择。当时,他的父亲在上海光华大学担任中文系主任,他便应了父命,前往光华大学任教。而季康刚入清华不久,为了完成学业,只能继续留在北平读书。

钱锺书抵达上海之后,很快就适应了大学教师的身份。白日里,他在学校里备课、讲课,无不得心应手;到了夜间,却是一个人辗转反侧,难以入眠。

夜深人静的时候,日日欢唱的鸟儿都睡了,窸窸窣窣的虫声还伴着寂寞难耐之人。他时常背手枕在头下,窗外闪烁的星光总叫他想起季康水汪汪的眼睛,那双一颦一笑都好像会说话的眼睛。一阵风吹过,他仿佛回到了清华园的小湖边,清华的风那么柔,时常将季康的发梢轻轻扬起。她与其他爱美的女子不同,她总爱留着一头清爽的短发……

他不禁忆起昔日与季康在清华园里漫步谈笑的时光,他们两人都偏好文学的话题,经常一拍即合,也有过相持不下的热烈讨论,话匣子一打开就停不下来。如今想来,若是季康能在他身旁,与他一同欣赏这星月美景该有多好,哪怕是被她面带坏相地讽上几句,又是何等的幸福!

几番思绪涌上心头,他更是了无睡意,倒不如给季康写封信去,聊表相思之苦。他起身和衣,点上一盏寂寥的灯,就着幽幽的光线,信手为她写起古体情诗。

分别的许多个夜晚,他都这样在相思中度过,他写了许多信寄往北平,字里行间无不夹杂着思念之煎熬、寂寞之痛苦。

奈何,远方的心上人偏是不喜欢写信的,任他的诗作得再好、他的信寄得再勤,能够收到来自季康的回信也不过寥寥几封,这种付出和回报的不平衡让钱锺书很是委屈。

> 缠绵悱恻好文章，粉恋香凄足断肠。
> 答报情痴无别物，辛酸一把泪千行。
> 依穰小妹剧关心，鬌鬖多情一往深。
> 别后经时无只字，居然惜墨抵兼金。

他在诗句里悲切地控诉了季康的行为：我这厢深情款款，为你作情诗无数，字字句句都是情真意切，一往情深，却不想别离之后你的回信少之又少，简直是惜墨如金。

钱锺书对季康的行为可谓是又气愤又无奈，甚至一直"耿耿于怀"，乃至于他在几年后出版的著作中，还念念不忘地要提一提这段往事——《围城》里的唐晓芙也是不爱写信的。

中国传统的婚姻价值观讲究"门当户对"，在这一点上，钱锺书与季康的出身是极为相似的，二人皆为江苏无锡人，且同出自当地有名的书香门第。

> 君到姑苏见，人家皆枕河。故宫闲地少，水巷小桥多。

在那个年代，说起人杰地灵的苏州，就不得不提声名显赫的杨家，家主杨荫杭是当时著名的律师，他在年轻时曾赴美、日两国留学，获得宾夕法尼亚大学法学硕士，回国后与同学创办了无锡励志会，不仅担任过上海《申报》编辑，还历任江苏省高等审判厅厅长、浙江省高等审判厅厅长等位高权重的职位，在律政界乃至文学界都是鼎鼎有名的大家。

钱家也同样是大门大户，钱锺书的父亲钱基博是近代著名的古文家，曾先后担任圣约翰大学、光华大学、清华大学、浙江大学等校的教授，钱锺书毕业之后选择离开北平去上海就业，也是听从了父亲的安排。

虎父无犬子，早在中学时期，钱锺书就曾代替父亲为钱穆的《国学概论》一书作序，后来书出版的时候他的文章一字未改，可见其文学造诣之深。但是，和大部分的文科天才一样，钱锺书在学习上的偏科现象非常严重，数学成绩简直惨不忍睹。因为这一点，他险些错过了与爱人结识的机会。

在清华的入学考试中，他的数学只得了15分，导致总分排名落后，本来他是没有入学资格的，但他的国文成绩优异，英文更是拿了满分的好成绩，时任清华大学校长的罗家伦不忍人才流失，最终将这位奇才破格录取。

这样出色的孩子，在父亲钱基博眼中自然是家门的骄傲。这不，钱锺书一毕业，就被安排到了父亲身边，而他在光华大学任教期间优异的表现更是为父亲脸上添了不少光彩。除了工作上的好成绩，观察入微的钱父还注意到了儿子在生活上的异样。自来到上海后，儿子就总是心不在焉，早晨精神也不佳，加上与人书信来往密集，老先生自然是看出了端倪，便寻着适当的时机，也顾不得礼仪，擅自拆了一封北平寄来的信："现在吾两人快乐无用,须两家父亲兄弟皆大欢喜,吾两人之快乐乃彻始终不受障碍。"

原来那封信是季康写来和钱锺书讨论婚嫁问题的,其言辞温柔,文采斐然,使得钱父对这位知书达理的姑娘大加赞赏。钱父还提笔给她回了一封信,毫不吝啬地夸奖她明理懂事,并且主动联系了尚不知情的杨家父母,郑重其事地表示愿意接纳季康作为自己的家人。

没多久,早年相熟的双方父母便遵循旧礼,完成了提亲、说媒、设宴的种种步骤,还邀请亲朋好友为两人举行了订婚仪式。倒是叫两个自由恋爱的年轻人忙得一头雾水。

> 我茫然不记得"婚"是怎么"订"的,只知道从此以后,我是默存的"未婚妻"了。

可惜生活并没有给他们太多温存的时间,订婚仪式过后,他们又回到了"一个在北平念书,一个在上海任课"的异地恋模式。

> 销损虚堂一夜眠,拼将无梦到君边。
> 除蛇深草钩难着,御寇颓垣守不坚。
> 如发篦梳终历乱,似丝剑断尚缠绵。
> 风怀若解添霜鬓,明镜明朝白满颠。

短暂的相会后,相思之情更浓。其中,这首《不寐从此戒除癔词矣》就是钱锺书最得意的作品。此诗不仅文辞典雅,情深意切,奇妙的是,颔联"除蛇深草钩难着"出自佛经,"御寇颓垣守不坚"出自宋明理学家。然而,钱锺书却能化腐朽为神奇,巧妙地将之转化成传达相思的爱情宣言。

1935年,钱锺书以第一名的成绩取得了英国庚子赔款公费留学生的机会,可以赴英国牛津大学艾克赛特学院英文系求学。此时,季康正临近毕业,为了跟随爱人的脚步,她以论文形式代替考试,提前一个月离开了校园。

从今以后,咱们只有死别,不再生离。

同年7月,他们在两家分别举行了西式和中式婚礼。8月就双双离开苏州,从上海起航,去英国开始了婚后的新生活。

人们都说,恋爱中的人智商会下降,这又何尝不是向爱人示弱的一种方式呢?女孩们丢三落四的傻样子,犯错之后慌慌张张的柔弱神态,总能激起男孩们保护对方的强烈欲望,这时候,他们都愿意把女孩儿护在身后,出面解决所有的难题,然后宠溺地对她叹一句"你怎么总是拙手笨脚的";和女孩儿不同,男孩们都是极好面子的,他们几乎从来不在人前露出软弱无能的一面,小小的缺点和偶尔的脆弱也只愿意在最亲密的人面前展现。

如果说女子的爱情大多基于崇拜而生，那么杨绛对于钱锺书的儒雅和才学或多或少也有几分崇拜之情，直到两人远离家乡之后，她才知道，原来这个鼎鼎大名的文学才子生活都不能自理。

他不仅分不清左右手，还不会给鞋带系蝴蝶结，甚至连拿筷子也是一手抓，在生活上完全失去了翩翩的风度，反倒成了一个什么也不懂的小孩子，处处依赖着她。

杨绛自小在父母的宠爱下长大，是个娇生惯养的大小姐，本就连自己都照顾不好，事到如今却要照顾起这个笨拙的大男人，实在叫她哭笑不得。

为了爱人，杨绛毅然卷起袖子，穿上围裙，那双不曾沾阳春水的纤纤玉手掠过厨房的每一个角落，那张仿佛用红花和雪滋养成的娇柔面容也渐渐染上了烟火的气息，她抛下了淑女小姐的架子，坚强地担起了为人妻的重任。这一切，钱锺书都看在眼里，更是疼在心里，直要去找个山野的仙人求一个辟谷的方法，才好免去妻子日日做饭的辛苦。

虽然生活不易，但在欧洲的几年，是他们生命中最幸福的时光。牛津的校园里有安静的环境和浓厚的学习氛围，古老的图书馆里有经典的巨作和久远的绝本，空旷的街道上都是漂亮的欧式小房子和友善的路人，两人携手同行，书香四溢，岁月静好。

1937年，钱锺书以《十七、十八世纪英国文学中的中国》

一文获牛津大学艾克赛特学院学士学位后,便随杨绛去往法国巴黎大学从事研究工作。

在浪漫之都,他们拥有了自己的第一个孩子。杨绛住院养胎期间,"被惯坏了"的钱锺书只能一个人艰难地过日子,因为对料理家事没有经验,到产院探望妻子时,常常会苦着脸认错说:"我做坏事了。"

> 他打翻了墨水瓶,把房东家的桌布染了。我说,"不要紧,我会洗。""墨水呀!""墨水也能洗。"他就放心回去。然后他又做坏事了,把台灯砸了。我问明是怎样的灯,我说:"不要紧,我会修。"他又放心回去……
>
> 我说"不要紧",他真的就放心了。因为他很相信我说的"不要紧"。

杨绛用了两年的时间,才从杨家的小姐蜕变为钱家的"不要紧"女士,她没有想到的是,在这生育前的短短的几个月里,家中那个向来不能自理的书呆子,通过充分的锻炼,也变成贤惠的"家庭煮夫"。

5月,他们的女儿在巴黎顺利降生,他们为她起名为"圆圆",取一个圆满之意。

就在妻女出院的那天,钱锺书帮她们叫了车,自己则悄悄提前回到寓所炖起了鸡汤,还亲手剥了碧绿的嫩蚕豆瓣放入汤中。等到安顿好妻女,他才小心翼翼地把鲜美浓郁的鸡汤盛在碗里,端给辛苦生育的爱人。杨绛又惊又喜,直叹道:钱家的人若知道他们的"大阿官"能这般伺候产妇,多么惊奇!

1938年,一家三口回到了硝烟四起的祖国,因为战乱几经颠簸,钱锺书先后任教于清华大学、震旦女子文理学院和上海暨南大学。其间完成了《写在人生边上》的写作,短篇小说《人·兽·鬼》、长篇小说《围城》、诗文评《谈艺录》也相继出版,他的每一部作品都引起了很大的反响。

在照顾阿圆之余,杨绛也一直潜心研究文学,先后创作了剧本《称心如意》《弄真成假》《游戏人间》等,并相继在上海公开演出,由她翻译的第一部中文版《堂吉诃德》至今无人能超越。

> 我们这个家,很朴素;我们三个人,很单纯。我们与世无求,与人无争,只求相聚在一起,相守在一起,各自做力所能及的事。碰到困难,锺书总和我一同承当,困难就不复困难;我们相伴相助,还有个阿瑗相伴相助,不论什么苦涩艰辛的事,都能变得甜润。我们稍有一点快乐,也会变得非常快乐。

直到1997年,爱女钱瑗因病去世,这个其乐融融的家庭仿佛失了平衡的一角。次年12月19日,钱锺书先生因病在北京逝世,享年八十八岁。

我一个人,怀念我们仨。

2003年,杨绛出版作品《我们仨》,在书中以简洁而沉重的语言,事无巨细地讲述了先后离她而去的女儿、丈夫和她之间的种种,回忆一家三口那些艰难而快乐的日子。

2016年5月25日凌晨,杨绛病逝,享年一百零五岁。

至此,"我们仨"再无分离之苦。

梁思成与林徽因

我的文章都是林先生润笔过的

也许是因为出生在灵秀的江南,林徽因从小就是个灵动的女子。祖籍福建的林家,曾是当地的名门望族,到了林徽因的祖父林孝恂这一代,虽然富贵程度已不如当年,但文化底蕴与儒雅的气质犹在。林徽因不仅继承了祖父的儒雅,也继承了祖母的美貌,无论出生在任何年代,这样才情与美貌并重的女子,注定是超凡脱俗的。

八岁那一年,林徽因跟随父亲来到上海。重视教育的林家,把林徽因送进了培华女子中学读书。培华女中是教会创办的贵族学校,教学精良,校风严谨,在这里,林徽因受到了良好的教育,也逐渐成长为一位亭亭玉立的少女。

林徽因的父亲林长民是文化圈里的名人,在政坛也有一定的影响力。林徽因从小就把父亲当作偶像，而父亲则把这个聪慧的女儿当成忘年交。虽然林长民子女众多，但全家人都认为，林徽因是林长民最疼爱的孩子。

1920年，林长民被派到欧洲考察，为了让女儿增长见识，他把林徽因也带在身边。这是一场改变了林徽因人生的远行，正因有了游学欧洲的经历，林徽因得以在同时期的诸多才女之中脱颖而出，如同万千星辰中最闪亮的那一颗，不刻意遮掩他人的光芒，也从未被他人的光芒所掩盖。

在父亲的带领下，林徽因的足迹几乎踏遍了欧洲各地，她游历过法国、意大利、瑞士、德国、比利时，极具欧洲特色的建筑令她深深迷恋，从那时开始，林徽因的人生就与建筑结下了不解之缘。

初见梁思成时，林徽因只有十四岁。她那超凡脱俗的模样，被十七岁的梁思成深深烙印在心里，即便在林徽因跟随父亲游历欧洲时期，梁思成也从未有一天把她遗忘。

按照世俗的眼光，林家与梁家是门当户对的。梁思成的父亲梁启超，与林徽因的父亲林长民都是政界名流，因此，梁思成与林徽因自然也就成了世人眼中的金童玉女、佳偶天成。

当林徽因从欧洲回国，她与梁思成之间便牵系了一根看不见的红线。他们顺理成章地交往着，谈不上多么浪漫，却有一种相知相惜的踏实。

他们从未想过，一场突如其来的车祸，竟然成为两人恋情飞速发展的契机。那一天,梁思成带着弟弟外出参加游行,不幸被一辆轿车撞倒,整个人被轧在轿车下面昏死过去。林徽因见到梁思成时,他已经面无血色,眼珠一动不动,好像死了一样。

好在,车祸并未造成极其严重的后果,梁思成虽然断了右腿,但只要精心医治,还是可以恢复的。

即便如此,林徽因还是忍不住泪流满面。直到这一刻,她才意识到,自己对梁思成的爱已经如此深沉。

从那天开始,林徽因就守在梁思成的病床前,照顾他的饮食起居,为他读报纸解闷儿。愉悦的心情加速了梁思成的康复,很快,他就出院了,与林徽因之间的感情也变得更加稳固。

林徽因与梁思成的爱情从一开始就得到了双方家人的支持,梁启超甚至把林徽因当成女儿一般疼爱。后来的事实证明,林徽因没有辜负这份宠爱,因为即便梁思成的腿伤留下了有点跛脚的后遗症,林徽因依然心甘情愿地成为他余生的"拐杖"。

原本,梁思成已经确定了去美国留学的计划,车祸使他不得不延迟出国,与此同时,林徽因也从培华女中毕业,还考取了半官费的留学资格,可以与梁思成一同去美国留学。

一切都是最好的安排,一场车祸,竟造就了一对厮守终生的伴侣。一生的圆满,从这一刻开始。

他们是甜蜜的恋人，更是志同道合的同学与朋友。当梁思成得知林徽因对建筑感兴趣，并且想要成为一名建筑师的时候，他惊讶极了。然而，当看到林徽因在说这些话时眼睛里绽放的光芒，他坚信林徽因没有在说笑话，并且对抱有远大志向的林徽因越发欣赏。

为了能在建筑领域携手共进，梁思成与林徽因开启了赴美求学之旅。1924年，林徽因与梁思成一同进入美国宾夕法尼亚大学，攻读建筑系。彼时，建筑系不招收女生，林徽因只能注册在美术系，但选修了建筑系几乎所有课程，以满腔热忱与非凡毅力，向着自己的建筑梦想全力冲刺。梁思成则在建筑系刻苦钻研，常常整日泡在图书馆，翻阅海量的建筑典籍，从古希腊的柱式到中世纪的哥特式建筑，逐一深入探究；又频繁穿梭于校园与费城的大街小巷，实地观摩各类建筑，将理论与实践紧密结合起来。

关于建筑设计，林徽因的想象力总是丰富的，永远可以给出有趣的创意。每当有好的想法，林徽因便会画出一张草稿，之后就把画设计稿的工作交给梁思成来完成。在共同学习的过程中，梁思成越发认为林徽因是个满脑子奇思妙想的女子。

林徽因本人的画工非常不错，可是，她觉得梁思成的构图能力更好，偏要梁思成替自己完成设计稿。在梁思成看来，这是专属于林徽因的一种特殊的撒娇方式，他心甘情愿地接受着，用自己高超的技艺来辅助林徽因的奇思妙想，与她成为最默契的搭档。

林徽因在设计方面的奇思妙想,不仅体现在建筑学上,也体现在她的生活里。生性古灵精怪的她,总喜欢做一些搞怪的事情。比如,在学校的派对活动上,林徽因会穿着自己设计的古怪服装出席,还要求梁思成和她一起打扮成古怪的模样。

百依百顺,是梁思成宠爱林徽因的方式之一。无论是清朝的长袍,还是军阀的帽子,梁思成总能乐呵呵地穿戴上,与林徽因做一对校园里的搞怪情侣。

他们的个性不同,却做到了完美互补。林徽因是跳脱的、顽皮的,梁思成则是温和的、儒雅的。在梁思成眼中,林徽因是点亮了他生活的那颗星;在林徽因眼中,梁思成是她可以踏实依靠的那个人。

所谓天作之合,想来就是如此吧!1927年,梁思成以优异成绩获得建筑硕士学位,林徽因也在学业上成绩斐然。随后,梁思成前往哈佛大学深造,林徽因则去往耶鲁大学戏剧学院进修舞台美术,虽异地相隔,思念却如潮水般汹涌,只能借鸿雁传书,倾诉衷肠,字里行间满是对彼此的牵挂与对未来共同奋斗的期许。

1928年,对于梁思成与林徽因来说,是一个具有独特意义的年份。这一年,他们在加拿大举办了隆重而又温馨的西式婚礼,之后双双回国,在沈阳东北大学创立了中国现代教育史上第一个建筑系。

像林徽因这般聪慧美好的女子，总是不乏追求者。据说，梁思成曾在婚前问林徽因："有个问题我一直想问，为什么是我？"林徽因回答："答案很长，我得用一生的时间来回答，你准备好听了吗？"

属于一生的承诺，从这一刻开始许下，他们之间的如影随形，也正是从这一刻开始的。

他们曾携手踏遍欧洲的土地，最珍爱的地方，却是属于他们两个人的温馨小家。那里是洗净疲惫、滋生温情的地方，相爱的人厮守在一起，才是最美好的时光吧！

东北，是梁思成与林徽因梦想开始的地方。无论走到哪里，他们都将诗意与浪漫带到哪里。他们的家，也成为学生们最喜欢去的地方。

白山黑水，是北国的精髓。林徽因以此为题，设计了东北大学的校徽。得知自己的创意被采纳的那一刻，她雀跃得像个孩子。梁思成则一如既往地带着宠溺的眼神，为她沏一壶热茶，把她从深夜工作的书桌边拉走休息。

甜蜜与苦楚相融，才是真实的生活。在困境中相互扶持，才是最好的婚姻。

在战火肆虐的苦难岁月里，梁思成和林徽因历经流亡与迁徙，来到了昆明。因为奔波劳碌，梁思成病倒了。林徽因为了养家，去了离家很远的云南大学授课。白天，她是教书育人的大学教师；晚上，她是承担家务的家庭主妇。即便如此，她的脸上从未挂有一丝阴霾，尤其是在梁思成面前，她总是一副乐观开朗的模样。

为了给梁思成增加营养，林徽因想方设法"改造"着那些粗糙的食物；为了哄梁思成开心，她大方地用一半的工资为他买了一把量尺。即便是身处困境，她依然尽力把家布置得温馨。谁说婚姻注定是平淡的？若是深爱，苦难也可以成为浪漫的添加剂。

在艰难的岁月里相濡以沫，怎能不值得歌颂？当病倒的人换成了林徽因，扛起整个家的人便换成了梁思成。那是一段没有水电，每天与臭虫和油灯相伴的日子，梁思成一边照顾病中的林徽因，一边与林徽因共同完成《中国建筑史》的创作。一部十一万字的《中国建筑史》，是他们为抗战胜利的献礼。

当年，日本人占领东三省之后，日本的学者曾经断言："中国没有唐代古建筑。"林徽因闻言大怒，她决不容忍侵略者的目中无人，决不可以让侵略者认为中国人好欺侮。于是，她与梁思成一同踏上了考察中国古建筑之路。

从1932年到1945年，十余年间，他们的脚步踏遍了大半个中国，考察、测绘了数百处中国古建筑，并以此为据，编写了《全国文物古建筑目录》。而这本目录，便是《全国文物保护目录》的蓝本。

林徽因从不喜欢别人称她为"美女"，也从不愿只被当作"梁思成的太太"。她是独立的女性，无论是情感还是才学，她与梁思成都是齐头并进的。梁思成曾夸赞林徽因："我擅画图，徽因擅为文。"他还说："我的文章都是林先生润过笔的。"除了《中国建筑史》，梁思成的很多书都是在林徽因的帮助下完成的。

共同的理想与追求，使他们拥有了势均力敌的爱情。他们将中国古建筑与艺术完美地结合在一起，并从中体会到无与伦比的幸福。

在战后的北平，他们开启了崭新的人生。1948年3月31日，梁思成和林徽因举办了结婚二十周年庆祝会，地点就在他们位于清华园的家中。他们已经不再年轻，岁月的磨砺也在他们身上留下了难以治愈的病痛。但是，他们眼中对彼此的爱火从未熄灭，对保护中国古建筑的决心也从未消减。

中华人民共和国成立后，已过不惑之年的林徽因先后参与了三件大事：

第一件，她作为清华大学设计小组的成员，参与了国徽的设计，并凭借布局严谨、构图庄重的设计稿中选。据清华大学建筑学院原院长秦佑国说，国徽的主要设计者是林徽因。

第二件：在一次逛古玩城时，林徽因偶然发现了濒临绝迹的景泰蓝花瓶，从此成为抢救景泰蓝工艺的一分子。她在清华大学成立了景泰蓝抢救小组，还拖着病体，为景泰蓝传统工艺设计了一批具有民族特色的图案。

第三件：人民英雄纪念碑底座的浮雕纹饰，是林徽因负责设计的。她的小弟弟林恒，也是在成都空战中牺牲的其中一位烈士，只要一想到他，一想到在战争中牺牲的万千烈士，林徽因的灵感便掺杂着悲伤，涌现在设计图纸中。

拖着摘除过一个肾、肺病咳血的病体，林徽因完成了这三件大事。当国徽挂上天安门，她的女儿梁再冰曾流泪感叹："那红色中也有妈妈的一小滴血。"

病中的林徽因把自己忙成了一只陀螺，与此同时，梁思成也在为保护北京城中的古建筑拼尽全力。为了保护北京古城墙，梁思成在肺病的折磨下坚持写出了《关于北京城墙存废问题的讨论》，苦口婆心地讲述着城墙不能拆除的道理。

城墙被拆除后，林徽因与梁思成的病情更加严重了。尤其是林徽因，她的病情迅速恶化，整日整夜地咳嗽着，已经瘦得脱了形。同样病重的梁思成，虽然无力守候在她的病床前，却总是默默地来到她的病房门口，与虚弱得无法说话的妻子进行眼神交流。

1955年4月1日，林徽因在安静的病房里悄悄地离开了这个世界。妻子的早逝，成为梁思成最大的遗憾。他总是说："妻子是自己的好，文章是妻子的更好。"整理林徽因遗物时，梁思成发现一本未写完的诗集，那熟悉的字迹，令他心痛不已。他轻轻翻开，仿佛看到林徽因在灯下写诗的样子。每一页，都承载着他们的过往，那些游历山水的豪情、躲避战乱的艰辛、学术突破的喜悦，皆化作行行诗句，刺痛着梁思成的心。几十年的爱与陪伴，他们早已成为彼此的习惯，也是彼此心底永远的回忆。

梁思成与林徽因的爱情，是建筑理想上的同频共振，是生活里的相互扶持。他们携手走过山川，共同考察古建筑，在困境中相互陪伴，于学术上彼此成就，是灵魂相契、携手共进的典范。

朱生豪与宋清如

才子佳人，柴米夫妻

朱生豪与宋清如，十年相恋，两年相守，他们的爱情简单到就像是一池清水、一缕清风，不存在点滴杂质。朱生豪从初见就将清如奉为自己情感世界中的女王，在越来越近、越来越久的接触中更是完全爱上了她的优点与缺点。两人的关系在时间的发酵下不断升华，直到都将对方视为自己灵魂相交的知己。这一份深情，本就是千千万万人求而不得的。

朱生豪于1912年出生在浙江嘉兴一个没落的小商人家庭，家里的生活条件本就不算优越，十岁丧母，紧接着父亲也在两年之后患病去世，朱生豪与年幼的弟弟成了孤儿，靠着父母微薄的遗产与家族亲戚的照料而长大成人。

他一度自称为"一个古怪孤独的孩子"，他在老师朋友的眼中也一贯都是沉默的形象,这种性格的养成自然与他的生活环境和人生经历有关。

宋清如于1911年出生在江苏常熟一个富庶之家,生活无虞又受到良好的启蒙教育,从小就显露出高于常人的才情与灵气来。她是一个为读书而生的女孩儿,极具个性,曾言"不要嫁妆要读书",在与家庭经历一番抗争之后,最终得以在苏州的慧灵女中、女子中学完成初中、高中学业。

金风玉露一相逢,便胜却人间无数。

1932年,杭州之江大学的"之江诗社",仿若一颗隐匿在岁月里的明珠,汇聚着一众才华横溢的青年才俊,时任社长的正是一代词学宗师夏承焘。就在这一年,朱生豪已步入大四,他沉默寡言、清瘦单薄,却因出众的才华在诗社中崭露头角,备受瞩目。而宋清如,这位出身江苏常熟富贵之家的女子,满怀着对独立自由的炽热追求,冲破封建枷锁,如愿踏入了之江大学的校门,成为中文系的一名学生。在之江大学的最后一年,朱生豪在诗社活动中认识了宋清如。

宋清如自幼便对宝塔诗情有独钟,怀揣着满心的憧憬与期待,她带着自己精心创作的宝塔诗,踏入了"之江诗社"的门槛。那是一首风格独特、半文半白的诗作,在她的心中,这首诗宛如一颗璀璨的星辰,定能在诗社中绽放。然而,当她在诗社活动中满怀激情地分享自己的诗作时,却发现诗友们交流的多是遵循传统格律、讲究平仄的古体诗词,而自己对古体诗的平仄规则只是一知半解,她的宝塔诗在一众诗作中显得格格不入,仿若一个突兀的"怪物",现场陷入了一片尴尬的沉默。

正当宋清如脸颊绯红、满心忐忑之时,她的目光偶然间触碰到了坐在不远处的朱生豪。只见朱生豪静静地拿着她的诗,嘴角微微上扬,露出一抹浅浅的微笑,那笑容仿若春日暖阳,瞬间驱散了她心中的阴霾。他并未言语,只是轻轻低头,可这细微的动作却如同在宋清如的心湖中投入了一颗小石子,泛起层层涟漪。多年后,宋清如回忆起当时的场景,仍清晰地记得:"那时,他完全是个孩子。瘦长的个儿,苍白的脸,和善、天真,自得其乐的,很容易使人感到可亲可近。"

诗社活动结束后的第三天,宋清如收到了一封来自朱生豪的信,信中还附上了三首他自己创作的新诗,言辞恳切地请她指正。宋清如本就对古体诗词创作心向往之,于是欣然回信。就这样,一来二去之间,两人以诗词为媒介,开启了一场浪漫的交流之旅,情愫也在这笔墨之间悄然滋生。他们谈诗论词,从诗词的格律韵脚到字词的精妙运用,从诗人的创作心境到诗作背后的时代韵味,无话不谈。朱生豪凭借自己深厚的文学功底,耐心地为宋清如讲解古体诗的平仄规则,手把手地教她如何炼字、炼句,让诗作更具韵味。而宋清如也以自己对新文学的独特见解,为朱生豪的创作注入新的活力,两人在诗词的世界里相互切磋、共同成长。

在民国这样一个特定的时代环境里,他们二人一方面是受到东方古典文化熏染的儒生，一方面又是最先阅览西方经典的新式青年，难免思想格外活跃一些，理想也格外纯粹一些。

相似的文化背景，相同的兴趣追求总是容易吸引人相识相交。骨子里都是翩翩君子，以诗会友，总归是有一些淡如水的意蕴在其中，所以他们的感情才会像蝉翼一般透彻，像江南青梅一样清爽，叫人向往。

1933年，朱生豪毕业了，在老师的引荐下，他前往上海世界书局担任英文编辑，从此，两人开启了长达九年的异地恋。在那个通信不便的年代，书信成了他们维系感情的唯一纽带，他们两三天就会写一次信，有时甚至一日一封。朱生豪将自己对宋清如的思念满蓄在笔端，倾诉在纸上。

一向不善交际的朱生豪居然会主动给人家写信，谈论诗词不假，他的用意却绝对不是谈论诗词。一个孤独惯了的人主动把心扉敞开，主动向初相识的姑娘吐露心声，他定是一见钟情了。这样简单而赤诚的人，从来都没有想过要把自己火热的感情隐藏起来，他爱她，就是要让她知晓。离别让两个人更清醒地认识到了自己内心深处的感情，距离迫使他们只能通过书信互诉衷肠，这个尚不明朗的恋爱阶段正是因为它特有的青涩、朦胧而别具魅力。

这种更重视友情、一切出于自愿、交一个有益处的朋友的态度贯穿了二人数十年的交往，他们俩对爱情和婚姻保持着同样的理想态度，他们都是不婚主义，都是向往自由的理想青年。正因为这种观念的统一、这份初心的保持，两人才能在长达十年的岁月里，依旧持有对彼此忠贞并且热忱的爱慕之情。他们的相爱，更像是一场灵魂的际遇，遇到一个能完全懂得自己的人，不强求、不放弃，是多么难得的事情。

一封封信件的来去并不是了无痕迹的，而是像红线、像蚕丝一样在两个年轻人之间逐渐建立起某种稳固并且忠贞的关系。他们在信里交换着自己的创作，互相切磋精进；他们在心里交流着对一部小说、一部电影的感受，借以寻找自己心灵的呼应；他们越来越了解彼此，也就一发不可收拾地陷入了爱情。

他在信中写道："我实在喜欢你那一身的诗劲儿，我爱你像爱一首诗一样。"还深情地说："世上一切算得什么，只要有你。我是，我是宋清如至上主义者。"他对宋清如的称呼有七十余种之多，像阿姊、傻丫头、宝贝、小鬼头儿、小弟弟、青女、女皇陛下等，而自己的署名则是你脚下的蚂蚁、伤心的保罗、快乐的亨利、丑小鸭、老鼠、牛魔王，尽显俏皮与亲昵。那个寡言无趣的朱生豪，在爱情面前仿佛变成了另一个人，满心满眼都是对宋清如的爱意。

他会在信里分享自己在上海的日常："今天中午吃了三碗饭，肚子胀得很，放下工作还要狠狠去吃东西，谁教宋清如不给我回信。"字里行间满是嗔怪与思念。又或是倾诉自己的孤独："我想要在茅亭里看雨、假山边看蚂蚁，看蝴蝶恋爱，看蜘蛛结网,看水,看船,看云,看瀑布,看宋清如甜甜地睡觉。我们都是世上多余的人,但至少我们对于彼此都是世界上最重要的人。"质朴的文字勾勒出他内心深处最真挚的渴望,希望爱人能时刻陪伴在身边。

而宋清如的信大多是请教如何作诗,或是分享自己在学校的点点滴滴、喜怒哀乐。她也会在朱生豪的"甜言蜜语"下,偶尔展露小女儿的娇态,嗔怪他的孩子气,或是被他的深情打动,回应以同样炽热的思念。在那些战火纷飞、动荡不安的岁月里,这些信件承载着他们的爱情,穿梭在上海与杭州之间,成为彼此心灵的慰藉,让两颗心紧紧相依,从未有过片刻分离。

切磋诗文的信件交流更是让二人有了更深的了解,更多的交流。写相识,他说,"交尚浅,意先移,平生心绪诉君知。飞花逝水初无意,可奈衷情不自持"。爱情就像是有魔力一般,能够吸引两个年轻人不断看向彼此,于千千万万人之间,恰好遇到另一个自己,该是多么幸运!所以才会在尚浅的交情里急切地交了心,大概是想把未遇见你前的自己全部说给你听。

那时的清如年华正好,就像是五月江南烟雨中一粒涩涩的青梅,恰巧投进了朱生豪萌动的心潮里,涟漪骤起,悸动难平。他看着这女子如墨的青丝、娇俏的容颜以及微微泛红的脸色,似乎能够看到一纸诗文背后她灵秀多情并且坚韧聪慧的灵魂。他知道，自己的姻缘到了。

1936年宋清如在之江大学毕业以后，进入湖州民德女中教书，此时的朱生豪远在上海，已经开始了译"莎"的工作。他们之间的信件来往不仅仅诉说着思念，清如更是参与到他誊写译文的工作中来，两人朝着共同的理想携手并进。然而，日寇的入侵打乱了一切，在战火中，朱生豪不仅遗失了他所收集的各种莎剧版本以及部分译稿，更是丢失了大量的信件和那个写信的人。当他短暂逃亡之后再次回到上海，清如已经远离故土，辗转到重庆、成都等地，两人天各一方，就连多年来从未断绝的通信也被迫中断，半年以后才艰难恢复。

兴许就是这样的分离让他们受够了相思的滋味，让他们更加明确了对彼此的爱意。

他常常在各种稀奇古怪的梦里见到自己心中的女孩儿，或是梦见她顽固地不理睬，或是梦见她进入了自己的城堡……"日有所思，夜有所梦"这句话在他身上上演了千千万万遍，光怪陆离中，唯一不曾改变的就是，醒来觉得更加爱她。

1941年，朱生豪失业了，紧接着宋清如也失去了教员的工作。彼时，朱生豪正在《中美日报》社就职，日军的突然闯入，将报社的书籍与材料焚烧殆尽，朱生豪仓皇逃出，身无长物。宋清如念及重庆尚有教员一职可为，便向朱生豪袒露归渝之意，朱生豪欣然应允。然而，同学张荃的一番话，却让他们的脚步停了下来。张荃直言：二人若就此离去，分居两地，经济上难以为继；若同居同行，又难免遭人非议。况且，二人都已年届三十，家中父母早已心急如焚，不如成婚再走。

1942年，经过十年的爱情长跑，他们终于在而立之年步入了婚姻的殿堂，老师夏承焘为这对新婚伉俪题下"才子佳人，柴米夫妻"八个大字，这也正是他们婚姻生活的最佳写照。二人的婚礼没有婚纱钻戒，没有盛大的仪式，仅在上海青年会礼堂，在三十多位亲友的见证下，简单地操办。

朱生豪不愿投身敌伪，将全部的精力都投入到翻译莎士比亚巨著的工作上，宋清如则独自承担起了所有的家庭琐事，这个被誉为有"不下于冰心女士之才能"的女诗人安心退居在自己丈夫身后支持他、陪伴他。她每日与朱生豪一同探讨文字疑难，助他斟酌词句、研磨文意；又全力承担家务，从柴米油盐的精打细算，到针头线脑的缝缝补补，事无巨细，皆亲力亲为。她用盐代替牙粉，亲自为朱生豪修剪长发，为节省灯油，夜幕降临时也不点灯，在昏暗的光线下忙碌穿梭。在那段艰苦的岁月里，宋清如宛如一盏明灯，照亮了朱生豪前行的道路，给予他无尽的温暖与力量，让他得以全身心地沉浸在莎翁的戏剧世界里。

婚后，宋清如曾有一段时间独自回娘家小住，这是他们婚后第一次漫长的分离。据宋清如回忆，这二十天里朱生豪日日盼她回来。嘉兴阴雨绵绵，家中后园的梅花纷纷被雨打落，他就把这些花瓣收集起来，每捡一些，就在纸上写一段想念的话。等宋清如回家，已经集了一大堆花瓣，他也好几顿饭都没好好吃了……

就像朱生豪自己所说的那样："要是我们现在还不曾结婚，我一定自己也不会知道我爱你是多么深。"

而他所写的那篇盼望妻子回家的长信，才是真正如泣血一般惹人痛心、惹人怜悯。

他觉得这离别就像是酷刑："心头像刀割一样痛苦，十八天了，她还是没有来。"

他嘴上说着不催促妻子归来，却始终半是甜蜜半是凄楚地抱怨着："今年的春天，我们婚后第一年的春天，是这样成为残缺了，我为了思念你而憔悴。"

他说雨让他夜夜难以安眠，可若是有佳人相陪却是截然不同的光景："昨夜一夜天在听着雨声中度过，要是我们两人一同在雨声里做梦，那境界是如何不同，或者一同在雨声里失眠，那也是何等有味。可是这雨好像永远下不住似的，夜也好像永远过不完似的，一滴一滴掉在我的灵魂上，无边的黑暗、绝望，侵蚀着我，我夜夜做着噩梦。"

一颗诚惶诚恐的心就这样端在清如面前，让人怎能不回应给他同样的爱？常常在想，究竟是朱生豪本来就浪漫多情，还是因为陷入了爱情才格外温柔缱绻？

可惜美好的事物总归是短暂的。因为连年的劳累、贫穷无医的环境、战乱动荡的社会背景，朱生豪积劳成疾，最终因病去世。彼时,他们结婚刚刚两年,他们的儿子尚在襁褓中。

这样巨大的灾难几乎就要毁掉宋清如了,她在祭奠文字里泣泪泣血:"人间哪有比眼睁睁看着自己最亲爱的人由病痛而致绝命时那样更惨痛的事!痛苦撕毁了我的灵魂,煎干了我的眼泪。活着的不再是我自己,只似烧残了的灰烬,枯竭了的古泉,再爆不起火花,漾不起漪涟。"

他们的爱情不仅没有随着时间的流逝淡去,反而越发臻于纯净,直至成为跨越生死的唯一一件事情。在那些孤独的岁月里,宋清如常常在夜深人静之时,独坐窗前,伴着昏黄的灯光,翻阅着朱生豪留下的信件,泪水悄然滑落,打湿了信纸。她拿起笔,将满心的思念与哀愁倾注于诗句之中:"生死隔绝,未能见最后一面,他的痛苦、我的苦难,都是我这一辈子永远不能忘却的创痛。""你的死亡,带走了我的快乐,也带走了我的悲哀。"每一个字,都是她对朱生豪深深的眷恋,是她心底无法言说的痛。

她用余生,默默地守护着与朱生豪的回忆。曾经那个独立不羁、追求自由的富家千金,如今只为了丈夫的遗愿而活了。她拒绝了所有的提亲,终身未再嫁,独自抚养孩子长大成人。她的心中,始终只有一个朱生豪,那个与她谈诗论词、相知相惜的爱人,那个为了翻译莎翁著作呕心沥血的才子。

1997年,宋清如走完了她漫长而又艰辛的一生,享年八十六岁。她与朱生豪合葬在一起,墓碑上镌刻着他们曾经的誓言:"要是我们两人一同在雨声里做梦,那意境是如何不同,或者一同在雨声里失眠,那也是何等有味!"

他们的爱情故事,穿越了时空,如同璀璨星辰,在历史的长河中熠熠生辉,成为后世传颂的佳话,让人们看到了爱情最纯粹、最坚贞的模样,也看到了民国文人的风骨与情怀。

司马相如和卓文君

愿得一心人，白头不相离

若有一人，一心一意深爱自己，哪怕白发苍苍，依然不改真心，该是何其幸运！然而，世间女子关于爱情的憧憬总是美好的，一旦落到现实才发现，对于所谓的"一心人"，一颗真心竟也有错付的时候。

才女卓文君与才子司马相如的爱情故事，千百年来一直被当作佳话流传。鲜有人知道，这段看似美好的爱情，也曾经败给过现实。

那是文景之治背景下的汉朝，在蜀郡临邛县（今四川邛崃），有一户姓卓的富庶人家。卓家世代以冶铁为生，到了这一代的家主卓王孙时期，卓家已经成为拥有良田千顷、仆人上千、金银珍宝无数的巨富之家。

卓文君是卓王孙的小女儿,自幼饱读诗书,通晓音律,才貌双全。名门淑女总是不愁嫁的,只可惜,卓文君出嫁后不久,夫君便去世了,年仅十七岁的卓文君,早早成了寡妇,回到娘家,过起了闭门隐居的日子。

卓文君的美丽与富贵,成为当时的才子们津津乐道的话题。他们称赞她的才貌,唏嘘她的不幸,却从未有人萌生过追求她的念头。不知这些才子究竟是不敢高攀,还是在"寡妇"的头衔面前望而却步。

也许,卓文君也渴望一段美好的爱情,只不过,碍于身份尴尬,她从未向家人吐露过一丝想法。她以为,余生就这样心如止水地度过了,直到司马相如的出现,她的内心从涟漪到波澜,再到掀起爱情的巨浪,终于奋不顾身地投向了一片美好的幻象。

出生在蜀郡成都的司马相如,原本是个穷小子。父亲为了让他好养活,给他取名"犬子"。长大后,司马相如热爱读书,也明了许多事理,尤其把战国名相蔺相如当成偶像,于是改名为"相如"。

后来,父亲拿出全部积蓄,为司马相如捐了一个不入流的"官职"——看守城门,连品级都谈不上,可父亲依然是欣慰的,至少儿子从此有了飞黄腾达的可能。

一段时间后,司马相如被选为汉景帝的武骑常侍,这的确是让一家人高兴的消息。只要皇帝外出游猎,司马相如便能随侍在游猎的队伍中。只可惜，司马相如最擅长的诗词曲赋，偏偏是汉景帝最不待见的，满腹才学无用武之地，反而让司马相如备感落寞。

于是，司马相如辞去了官职，转身投入梁孝王刘武的麾下。从此，他的才学终于得到了赏识。在梁孝王府里，司马相如与众多辞赋家朝夕相处，谈天说地，把酒言欢，度过了十年锦衣玉食的快意人生。

镜花水月的美好，从来都不真实。十年后，梁孝王去世，司马相如的人生再一次跌入谷底。他没有官职，也无人赏识，更不懂如何谋生，眼看家徒四壁，却学不会维持生计的本领。无处安身的他，只好来到临邛，因为临邛县令王吉与他交好。在王吉的接济下，司马相如总算勉强能够生活下去。

司马相如虽然不懂生计，却十分精明。他知道，想要获得好前程，就必须成为当地的知名人物。于是，他与王吉商议了一番，第二天，一场好戏正式上演。

那一日，王吉来到司马相如的住处门口求见，可司马相如无论如何都闭门不见。从那天开始，王吉每日都来，司马相如则一如既往地闭门不出。久而久之，坊间便有了传言，大家都说，临邛来了一位能让县令日日屈尊求见的人，这人不是贵人，就是才子。

渐渐地，司马相如在临邛成为家喻户晓的人物，就连卓王孙家中举办宴会，都想方设法邀请他赴宴。

没想到，直到宴席开始，司马相如的身影依然没有出现。坐在宴席上的县令王吉只好派人再三去请，司马相如依然不肯露面。最后，县令只好亲自去请，司马相如碍于县令的面子，这才姗姗来迟。

众人并不知道，这一切都是司马相如与王吉提前商量好的。他们惊叹于司马相如的风度翩翩，争相向他敬酒示好。

当席间的气氛到达高潮，王吉提出请司马相如弹奏一首，为众人助兴。司马相如谦虚地推抚了一番，王吉当然再三恳请，于是，一首旋律优美的《凤求凰》从司马相如指尖缓缓流出。

席间的众人只顾为音律陶醉，全然不知屏风后面，有一个女子也被琴音唤醒了干涸已久的芳心。

那位女子正是卓文君。她听说家中举办宴席，邀请了"蜀中第一才子"司马相如，便按捺不住内心的激动，偷偷躲在屏风后面一睹风采。

只一眼，卓文君的心跳便乱了节拍。席间的那个人，是那样风采斐然，是那样沉稳内敛，仿佛上天派到人间，只为拯救她那颗濒死的心。

当琴音响起的那一刻，卓文君便知道自己沦陷了。《凤求凰》是求爱之曲，从司马相如指尖流淌出的每一个旋律，仿佛都重重地叩响了她的心门。一颗爱情的种子，就这样在不知不觉间悄悄萌芽了。

卓文君并不知道，司马相如之所以弹奏这曲《凤求凰》，正是为了引她相见。那日宴席结束后，司马相如特意送给卓文君的侍者丰厚的赏赐，又将一些向卓文君表达爱意的物件偷偷掺杂其中。

猝不及防到来的爱情，搅得卓文君晕头转向。那一刻，她仿佛将毕生积攒的勇气全部释放，奋不顾身地投入司马相如的怀抱，借着月色与他一同逃离家乡，奔赴一段新生。

"私奔"这个词，对于当事人而言，本就带有几分浪漫。然而，对于卓文君的家人而言，如同晴天霹雳。当卓王孙听说自己捧在手心的女儿竟然干出如此大逆不道之事的时候，怒火中烧。他当着全家人的面起誓："这个不成材的女儿，休想从我这里得到一分钱。"

另一边，卓文君与司马相如仿佛一对破茧的蝴蝶，大胆挣脱世俗的藩篱，只为奔赴爱情乐园。谁知，就在推开司马相如家门的那一刻，卓文君对于未来美好人生的全部憧憬，被破败的家无情地打回了现实。

司马相如在成都的家，除了四面墙壁，一无所有。面对此情此景，卓文君终于认清，原来爱情，也是要靠柴米油盐来维持的。

即便卓文君在私奔时也带了一些值钱的物件，可没有收入来源，再多的钱也总有花完的一天。卓文君眼见自己的私房钱即将见底，她做了一个最不愿做的决定——与司马相如一起回到临邛。

在即将抵达家门前的那一刻,卓文君犹豫了。她回想自己不堪的出逃经历,终究还是没有颜面出现在父亲面前。于是,她将自己身边最后一件值钱的东西——一架华丽的马车卖掉,用换来的钱开了一间酒馆,成了一名当垆卖酒的老板娘。

昔日的富家千金,如今沦落到这般境地,自然在临邛掀起了轩然大波。很快,卓王孙就得知了消息,他既为女儿的所作所为感到羞耻,又心疼女儿的遭遇。

最终,怒火还是战胜不了亲情,卓王孙怎么忍心让女儿余生过苦日子?他只好同意了女儿的婚事,还送给她一百万钱、上百名家奴,以及婚后所需的一切生活物品。如此丰厚的嫁妆,足够卓文君与司马相如回到成都过富庶的日子。

故事的转折从回到成都开始。不久之后,汉景帝驾崩,汉武帝即位。很多年前,司马相如曾写过一篇《子虚赋》,希望打动汉景帝,成为仕途的敲门砖。可惜,《子虚赋》被汉景帝弃之一旁。而爱好辞赋的汉武帝偶然读到《子虚赋》,简直如获至宝,甚至为找不到《子虚赋》的作者遗憾不已。

就在这时,汉武帝身边负责主管猎犬的杨得意,为了讨汉武帝欢心,主动告诉汉武帝,《子虚赋》就是他的同乡司马相如所作。汉武帝惊喜不已,赶忙召司马相如进京。

飞黄腾达的机会就摆在面前,司马相如怎能不牢牢抓住?他当着汉武帝的面,即兴创作了一篇《上林赋》。这篇赋文被司马相如写得恢宏大气、辞藻华丽，既歌颂了大汉帝国的伟大，又歌颂了汉武帝狩猎时的威武雄风。

龙颜大悦的汉武帝立刻将司马相如封为郎官，绚烂的仕途终于向司马相如敞开了大门，他就那样义无反顾地奔向锦绣前程，卓文君作为他的妻子，在他身后默默守望似乎是理所当然的事。

司马相如天生是属于仕途的，只要给他踏上仕途的机会，他便有办法凭借圆滑世故在仕途上顺风顺水地走下去。当他走得足够远，竟似乎有些忘记了，在他的身后，还有一位才貌双全的女子。与此同时，一个比卓文君更加年轻貌美的女子，出现在司马相如的生命里。

不知他是忘记了当年与卓文君私奔的激情，还是只贪恋爱情最初的模样，总之，他无法自拔地爱上了那个年轻女子，并执意要纳她为妾。

远在成都的卓文君，越来越感受到丈夫的冷漠。当她得知丈夫与另一个女子的故事，满心伤痛化作一首诗：

白头吟

皑如山上雪，皎如云间月。

闻君有两意，故来相决绝。

今日斗酒会，明旦沟水头；

躞蹀御沟上，沟水东西流。

凄凄复凄凄，嫁娶不须啼；

　　愿得一心人，白头不相离。

　　竹竿何弱弱，鱼尾何簁簁。

　　男儿重意气，何用钱刀为！

　　此生结为夫妻，全凭一个"缘"字。若对方舍弃了这份缘，再深沉的爱也失去了意义。

　　一番苦苦的等待之后，卓文君收到了司马相如的回信，信中只有十三个字："一二三四五六七八九十百千万。"信中的数字里没有"亿"，也就意味着司马相如的心中没有了"忆"。卓文君读懂了，也被伤透了。她含着苦笑提笔，既然往日甜蜜的回忆都已化作泡影，不如一别两宽，各自欢喜：

诀别书

　　群华竞芳，五色凌素，琴尚在御，而新声代故！锦水有鸳，汉宫有木，彼木而亲，嗟世之人兮，瞀于淫而不悟！朱弦断，明镜缺，朝露晞，芳时歇，白头吟，伤离别，努力加餐勿念妾，锦水汤汤，与君长诀！

　　一封《诀别书》，如同一盆凉水，把司马相如泼了个清醒。往日种种，如同戏文一般，在他面前一一重现。昔日的卓文君，不顾豪门之女的身份，将满腔的爱与期许交付他一人；

她甘愿当垆卖酒，只为不愿让他在娘家人面前卑躬屈膝；即便他走上仕途，她也不曾有过一丝一毫的骄矜，依然甘心困守在庭院里，为他的前程忧心忡忡。

这样与他的人生融为一体的女子，往后恐怕是不会再有了。世间仅此一个卓文君，而她已经将全副身心交给了他，与他不离不弃。

想通了的司马相如，重新回到了卓文君身边。然而，曾经纯粹的爱情，终究还是掺进了一丝杂质。

司马相如死后，卓文君将家中仅存的一卷由司马相如所著的书进献给汉武帝，这卷书是关于封禅的。因为有了卓文君的妥善保存，这卷书才得以被汉武帝收录在公卿作品中。

第二章 海枯石烂 爱在人间最美好的样子

冼星海致钱韵玲

两地遥隔,能不依依?

音乐是奇妙的东西,可以勾起一段往事,也可以唤起内心深处的共鸣,甚至可以牵系一段唯美的爱情。

冼星海是中国近代著名作曲家,也是一位无产阶级革命家,他曾以音乐为武器,为中国的抗战事业做出巨大贡献,也通过音乐,收获了一位生死与共的革命伴侣。

1905年,冼星海出生于澳门一个贫苦家庭。六岁那一年,他跟随母亲迁往新加坡。在学校里,冼星海的音乐天赋被发现了,他被选入学校的军乐队,从此与音乐结下了不解之缘。

为了不埋没冼星海的音乐天赋,回国后,母亲把他送进岭南大学预科班学习小提琴。正规的音乐学习,需要经济实力作为基础。为了继续学习音乐,冼星海每天都要抽出两个小时的时间，用来售卖书和文具。收入虽不算丰厚，但好歹可以支付他的学费和伙食费。

1926年，冼星海考入北京艺术专门学校音乐系，第二年又考入上海国立音乐院。去法国巴黎学习音乐，一直是冼星海的梦想。二十五岁这一年，他终于实现了愿望。

初到巴黎，"穷小子"冼星海不得不像从前一样，过着半工半读的生活。他既是巴黎音乐学院高级作曲班中唯一的中国留学生，也是餐厅里的小杂役。在艰苦的生活条件下，冼星海依然创作出《风》这首优秀的音乐作品，得到了老师的赞誉。当学校问冼星海想要什么物质奖励的时候，冼星海的回答是那样可爱而又朴实，他说："要饭票。"

五年的海外求学生涯，开阔了冼星海的艺术视野，也提高了他的音乐修养。1935年，冼星海学成归来，一回国就加入了"歌曲作者协会"，投入到抗战歌曲创作和救亡音乐活动中。

在1936年的一次救亡宣传活动中，国民党当局派出保安队阻止学生。正在双方剑拔弩张的时刻，青年诗人塞克把自己创作的一首爱国诗塞进冼星海的手里。冼星海把那首诗反复读了两遍，满腔激愤油然而生，只用了五分钟时间，他便为这首诗谱好了曲子，一首《救国军歌》随后便在学生中唱响开来，甚至连站在对面的保安队士兵也被感动得流泪了。

抗战全面爆发后，冼星海投入到抗日文艺宣传工作当中。就在他一心为国家创作作品的时候，一条看不见的红线，悄悄拴住了他的手腕，红线的另一头，便是比他年轻九岁的钱韵玲。

钱韵玲的父亲钱亦石，是我国著名的宣传家、教育家，也是冼星海非常崇拜的老师。1938年，钱亦石因积劳成疾不幸在上海去世，著名词作家施宜专门创作了《钱亦石先生挽歌》，委托冼星海谱曲，并由冼星海在钱亦石先生的追悼会上亲自指挥。

在追悼会开始之前，一个年轻的女孩子来冼星海这里取歌谱，她的双眼有些红肿，好像刚刚哭过。拿到歌谱之后，她轻声地念诵着歌词，当读到"不灭的火，永生的石，同垂不朽，亦血亦铁"这一句时，她终于再也无法克制悲伤的情绪，泣不成声。

经过询问，冼星海才得知，面前的这个女孩子正是钱亦石先生的女儿。一番交谈之后，冼星海更是惊讶地发现，原来这并不是他们第一次见面。

冼星海曾经在上海从事为电影配乐的工作，经常会找上海新华艺专的学生合唱，而钱韵玲刚好是这个合唱团的成员。1937年，冼星海来到武汉从事音乐工作，几乎是在同一时间，钱韵玲也在武汉担任音乐教师，还参加了由冼星海创建的"海星歌咏会"。

也许，这就是冥冥中的缘分，哪怕远隔万水千山的两个人，也会在缘分的指引下渐渐靠近，最终走到一起。冼星海与钱韵玲的缘分,起初如同两条平行的溪流,各自奔涌却又暗藏交集。

这一次会面之后,冼星海的日记里开始频频出现钱韵玲的名字。烦闷的时候,他会打电话约钱韵玲出来散心,偶尔,他也会给钱韵玲写信,"致钱韵玲"四个字,对于冼星海而言,并不只是代表礼貌,更是掺杂了些许说不清道不明的情愫。

为了缓解钱韵玲的丧父之痛,冼星海经常约钱韵玲喝咖啡、看电影、参加音乐会。在冼星海的鼓励下,钱韵玲开始试着与他合作创作歌曲。而钱韵玲,也在不知不觉中,习惯了在人群中寻找冼星海的身影,喜欢上了在他指挥演唱时,静静地站在一旁,凝视着他专注投入的模样,一颗少女的心,悄然为他而动。在成熟稳重的冼星海面前,钱韵玲能够找到足够的安全感。年龄上的差距,反而增进了彼此之间的好感。

1938年,著名演员金山邀请冼星海为电影配乐。机缘巧合,冼星海还出演了电影中的一个角色。当得知电影中还缺少一个女演员时,他毫不犹豫地推荐了钱韵玲。

借着拍摄电影的机会,他们有了更多深入交流的机会。那是一段使他们两人难忘的回忆,在片场上,他们畅谈着关于革命的理想、对于音乐的理解,爱情的种子也在不知不觉间萌发出新芽。

冼星海曾在日记中写道:"韵玲拿热水来给我洗脚,拿靴子给我换,我觉得她心地很好。不仅纯真可爱,而且外表美,又能处处表现出来。我不禁很感动,甚至我要爱恋她起来!"

即便这部电影最终没能上映,冼星海和钱韵玲也未曾感到遗憾。冼星海将自己为电影谱写的曲子作为礼物,送给了钱韵玲,如此浪漫的定情信物,终于叩开了钱韵玲的心扉。

在《致钱韵玲》的信中,冼星海曾写道,"不知怎样我总觉得同你一块儿是有乐趣的"。他还写道:"韵玲,我很尊敬你,很爱你,我不想你有一点难过或痛苦存在心里。"

如果说借音乐传情,只是隐晦表达感情的方式,那么在信中说"很爱你",无疑是袒露心扉的表白。从那时开始,钱韵玲便成了冼星海音乐创作的灵感,冼星海也专门为钱韵玲创作了许多乐曲。

他们的感情随着音乐迅速升温。1938年5月的一天,阳光明媚,微风轻拂,冼星海精心挑选了一束娇艳欲滴的鲜花,怀着紧张与期待的心情,来到钱韵玲的住处。当钱韵玲打开门的瞬间,看到手持鲜花、面带羞涩笑容的冼星海,脸颊瞬间泛起红晕,如同春日里盛开的桃花。冼星海鼓起勇气,深情地向钱韵玲表白了自己的心意,钱韵玲眼中泪光闪烁,微微点头,二人就此正式确定了恋爱关系。

1938年7月20日,冼星海与钱韵玲举行了简单而又隆重的订婚仪式。两个月后,延安的鲁迅艺术文学院向冼星海发来了邀请,他高兴地对自己的未婚妻说:"我们到延安去吧!"于是,在党的召唤下,这对革命伉俪踏上了通往延安的红色之路。即便是现在,"旅行结婚"也是一种时髦的结婚方式。当时的冼星海和钱韵玲,就是在革命的路途中完成了婚礼。

去往延安的旅途并不顺畅,为了躲过盘查和穿过重重封锁线,冼星海和钱韵玲装扮成侨商,乘坐华侨捐赠的汽车,历经波折,终于抵达了延安。

在延安,冼星海担任鲁迅艺术文学院音乐系的教授兼主任,钱韵玲则成为音乐系高级研修班的一名学生。一对新人,还没有好好享受新婚的甜蜜,就切身感受到了战事的紧迫。初到延安,生活条件的艰苦超乎想象。住的是简陋的窑洞,冬日寒风呼啸着从缝隙中灌进,夏日酷热难耐,蚊虫肆虐;吃的是粗糙的小米饭,菜品匮乏单一,常常难以下咽。然而,这些困难并未击退他们,反而更坚定了他们扎根于此、为革命奉献的决心。

轰炸总是毫无预兆地袭来,他们对抗轰炸的唯一方式,就是躲在窑洞中默默忍受。他们夫唱妇随,相互扶持,齐心协力地挺过最艰难的岁月。有时,钱韵玲还会协助冼星海完成一些工作,每当身边的人提到这对夫妻,总是忍不住竖起大拇指,称赞他们是夫妻楷模。

冼星海喜欢喝巴黎的咖啡,那时的延安是没有咖啡的,钱韵玲只能把黄豆磨成粉,再加上红糖,便成了一杯"土咖啡";冼星海习惯用烟嘴抽烟,那时的延安是买不到烟嘴的,钱韵玲就用笔杆为他做了一个"烟杆"。

咖啡与香烟的气息里，缭绕着钱韵玲对冼星海满满的爱意。正是在钱韵玲无微不至的照顾下，冼星海完成了《黄河大合唱》的创作。

当时，冼星海去看望在行军时不慎摔伤的诗人朋友光未然。在乘坐木船渡过黄河的过程中，光未然被当时的情形所震撼，于是在病床上将自己的所见所感写成一首四百多行的长诗《黄河吟》。

当冼星海在光未然居住的窑洞里第一次听到完整版的《黄河吟》朗诵时，他激动得腾一下子站了起来，将诗句紧紧抓在手里，大声说道："我有把握写好它。"

回到住处，冼星海立刻投入创作中，只用了短短六天时间，就完成了划时代巨著《黄河大合唱》的创作。

他将国家的动荡与民族的危难化作创作灵感，笔下的每一个音符仿佛都在催促全体中国人：要战斗，要奋进，要打跑侵略者，改变整个中华民族的命运。

谁能想到，《黄河大合唱》的首次演出，竟然是在无比简陋的条件下完成的。当时乐队只有两三把小提琴和二十几件民族乐器，于是，他们用煤油桶、脸盆、勺子、搪瓷缸子当乐器，竟然烘托出慷慨激昂的气氛。当四十多位青年满怀热血地齐声高唱《黄河大合唱》时，在场的所有人都被鼓舞了，周恩来甚至亲自为冼星海题词："为抗战发出怒吼，为大众谱出呼声！"

在冼星海和钱韵玲结婚第二年，他们迎来了爱情的结晶——女儿妮娜。粉嫩可爱的小女孩儿，立刻让整个家变得更加温馨起来。孩子的到来，为这个家庭增添了无尽的欢乐与温馨，也让他们在艰苦的革命岁月中，感受到了生命的希望与美好。冼妮娜的笑声如同春日里的暖阳，驱散了生活的阴霾，让冼星海夫妇更加努力地为未来拼搏。从此，如何培养女儿，让女儿幸福快乐地长大，成为他们之间继音乐之后的另一个共同话题。

1940年，为了纪念百团大战胜利的大型纪录片《延安与八路军》诞生了。冼星海接受了为这部纪录片配乐的重要任务，在中央的委派下，冼星海与袁牧之共同前往苏联。因为那里的设备更加先进，可以使影片配乐的效果更好。

钱韵玲本以为，这不过是一次再寻常不过的出差，从未想过，这一别，竟然是永别。

临别那一天，钱韵玲把女儿抱在怀里，去机场为冼星海送行。冼星海转过身，望着妻子，四目相对，千言万语尽在这深情的凝望之中。他走上前去，紧紧地握住钱韵玲的手，声音略带颤抖地说："韵玲，我这一去，不知何时才能回来，家里就全靠你了。你要照顾好自己和妮娜……"钱韵玲微微点头，泪水终于夺眶而出，哽咽着说："你放心去吧，我会等你回来，无论多久……"冼星海向心爱的妻子和女儿挥手告别，之后乘坐飞机来到西安，等待去苏联的时机。

他足足在西安等待了半年之久,每一天,他都是在对妻子和女儿的思念中度过的。只要一听说有人从西安去往延安,冼星海便会托人给妻子和女儿带去礼物和日用品,还有他亲笔写下的饱含着深情的《致钱韵玲》,一共写了十八篇。

1940年11月,冼星海终于抵达苏联。就在他满怀激情地开展音乐创作的时候,苏德战争爆发了。冼星海尝试了各种办法返回祖国,可惜都没能成功。他只好暂时留在莫斯科,并且与国内彻底失去了联系。

战时的苏联,生活条件艰苦。冼星海在困境中坚持进行音乐创作,创作出几十部音乐作品。然而,即便内心再强大,冼星海还是被恶劣的生活环境打垮了。因为长期营养不良,再加上过度劳累,他患上了肺结核、心脏病、腹膜炎、肝病。病情一拖好几年,直到1945年,苏德战争即将结束的时候,冼星海才入院进行正规治疗。

可惜,冼星海的病实在被耽误了太久,就连医生也无力回天。1945年10月30日,年仅四十岁的冼星海在莫斯科的一家医院里永远地合上了双眼,临终之前没能见到日思夜想的妻子,那是他对人世最无法割舍的眷恋。当听到丈夫去世的消息时,钱韵玲的心像被炸开一样。那一刻,她感觉世界仿佛瞬间崩塌,天旋地转,整个人摇摇欲坠。她呆立在原地,眼神空洞,泪水如决堤的洪水般汹涌而出,浸湿了衣襟。往昔与冼星海相处的点点滴滴,如同走马灯般在她脑海中不断闪现:他们在武汉街头并肩高歌,在延安窑洞中相濡以沫,在黄河岸边畅想未来……那些美好的回忆,此刻却如同一把把利刃,狠狠地刺痛着她的心。

但钱韵玲并未被悲痛彻底击垮,她深知,丈夫虽已离去,但他留下的音乐精神与革命理想,如同璀璨星辰,照亮着后人前行的道路。冼星海离开人世后,钱韵玲一个人拉扯着女儿长大。与此同时,她将自己的大部分心血都倾注在音乐创作上,她要带着冼星海的遗愿,把冼星海未完的事业继续下去。

他们的故事,让我们看到了爱情最美的模样,不仅仅是花前月下的浪漫,更是携手共进、同甘共苦的担当;让我们感受到了音乐的无穷力量,它能穿越战火,直击人心,凝聚起一个民族的灵魂;更让我们领悟到了革命精神的伟大,为了理想与信念,不惜奉献一切,哪怕面对重重困难与生死离别,也决不退缩。

赵孟頫与管道昇

一生唯愿你侬我侬

如果说古代也有艺术"顶流",那赵孟頫绝对算得上一个。他出身赵宋皇族,其书法、诗文、绘画、篆印堪称"四绝"。在书法方面,赵孟頫与欧阳询、颜真卿、柳公权并称为"楷书四大家",同时擅长草书、篆书等书体;在绘画方面,他技法全面,开创了元代新画风,留下了《鹊华秋色图》这样的传世名作;在诗文方面,有《松雪斋集》传世。这种不折不扣的"全能型"才子,或许只有像管道昇这种书、画、文并济的才女才能匹配吧。

才子的心路历程,似乎总是相似的。赵孟頫自幼天资不凡,过目成诵,落笔成章,幼年时就显露出文学天赋。

宋太祖赵匡胤的十一世孙,是赵孟頫从一出生就罩在头顶的光环。可惜,他从未因为这个光环而过上比别人更优越的生活。相反,幼年丧父,这样的经历让赵孟頫比父母双全的孩子过得更加辛苦。

父亲是家中的顶梁柱,父亲去世后,母亲曾哭着对赵孟頫说:"你若不好好学习,长大后便难有作为,我们这个家也就完了。"从那时起,赵孟頫便已经意识到,所谓的皇亲国戚,不过是一个毫无用处的标签而已。

母亲的叮嘱没有白费,赵孟頫日夜发奋苦读,终于在学业上有了长进。十四岁那一年,赵孟頫通过吏部考试获得了官职,不过,并不是什么大官,只是一个主管民户的地方小官而已。

赵孟頫以为只要自己安心从最底层做起,便可以在仕途上一步步升迁。可惜,他没生在好时代,当了十几年芝麻官,不仅没等到升迁,反而遭遇了南宋灭亡。于是,赵孟頫又被打回原形,成了一名闲散之人。

那段时间,赵孟頫也曾有过短暂的失落。好在,在母亲的督促下,他并没有自暴自弃,还为自己请了一位名师,在学业上不断精进,才华与名气也越传越广。

正在寻找南宋遗留人才的元世祖听说了赵孟頫的大名,一纸诏令将他召入朝堂。在元世祖眼里,神采焕发的赵孟頫简直如谪仙,元世祖从心底里愿意与他亲近,于是对他礼遇有加,十分器重。

那时，元朝刚刚设立尚书省，元世祖便命令赵孟頫起草诏书，将这件事公布于天下。赵孟頫在诏书中展现出的文采当即征服了元世祖，他连连称赞赵孟頫写出了皇帝心中所想。于是，当刑部开始制定刑法时，赵孟頫也在元世祖的指派下参与其中。

身为南宋遗臣，却受到元朝皇帝的重用，生存在夹缝之中的赵孟頫也曾顶着巨大的心理压力。他试图将这份压力诉诸诗词，一句"一生事事总堪惭"足以体现他内心的纠结。

至少，他的政治才干终于有了用武之地，在元朝的朝堂上，他可以用前半生所学的儒家思想来实现自己的政治抱负，总算是无愧于心了。

就是在这段时间，管道昇出现在赵孟頫的生命中。

据说，管道昇的祖先，是春秋时期辅佐齐桓公称霸的管仲。当年为了躲避战乱，管氏后代中的一支从山东迁到浙江吴兴定居，到了管伸这一代，家中只有一个女儿，他们夫妇便将女儿视作掌上明珠，为她取名管道昇，字仲姬。

在家学的熏陶下，管道昇自幼聪敏好学，且容貌出众，书画与文学在她的身上沉淀出沉静优雅的气质。

父母不愿把女儿的一生草草交付出去，一心为女儿寻找一位才貌都堪匹配的夫君，眼光难免挑剔一些，不知不觉，管道昇已待字闺中二十八载，过了出嫁的芳龄。

才子与佳人的姻缘，难免要有一段佳话流传。据说，擅长绘画的赵孟頫曾在无意间看到一幅修竹图，当得知这幅画的作者竟是一名女子时，不禁为她高超的画工所折服。这幅修竹图正是出自管道昇的手笔，赵孟頫甚至萌生出用自己的一幅字交换这幅画的念头。共同的兴趣爱好，为一段美好的姻缘埋下了伏笔。

一次偶然的机会，赵孟頫与管伸相识了。他们都是倜傥的个性，一见如故。也许从那时起，管伸便把赵孟頫当成了自家人，也为自己的宝贝女儿找到了后半生的归宿。

三年后，赵孟頫与管道昇携手步入了婚姻的殿堂。那一年，他三十六岁，她二十八岁。门当户对的两个人，顺理成章地成为夫妻，没有轰轰烈烈，却起笔就是巅峰。从此，赵孟頫与管道昇的名字紧紧联系在一起。

世人都愿意歌颂才子与佳人的爱情，只不过，若佳人空有美貌，这姻缘又能维持多久？关于这个问题，才情与美貌并重的管道昇给出了答案。

嫁给赵孟頫的管道昇，做着别人口中的"赵夫人"，也时刻都不曾忘记做自己。

管道昇画的竹子为世人称道，她笔下的书法也被世人称道。元仁宗在位期间，曾经特地命管道昇书写《千字文》，还将这卷《千字文》与其夫赵孟頫、其子赵雍的书法裱在一起，盖上御用的印章。一家三口的书法一同被珍藏于秘书监，该是何等的荣耀？没想到，感到更加荣耀的反而是元仁宗，他兴高采烈地向人宣布:"我朝有夫、妻、子都是善书之士,我大元朝何等威武!"

熟悉管道昇的人,都称赞她是一个性格豪爽的女中豪杰,言行举止间有几分丈夫气。殊不知,巾帼不让须眉的管道昇,竟是一名经营婚姻的高手。

在众多古代才女当中,管道昇在诗、书、画方面的才华是拔尖的。然而,在夫君面前,她却总是表现出崇拜者的姿态,总能看似不经意地把自己的夫君夸得飘飘然。

赵孟頫自号"松雪道人",管道昇便口口声声称夫君为"吾松雪"(我的松雪),如此亲昵且满怀深情的口吻,哪怕再不解风情的男子,也很难不为之动容吧!

管道昇最擅长画墨竹,却偏偏把自己画墨竹图的功夫归功于夫君,还专门在一幅墨竹图上题字:"操弄笔墨,故非女工。然而天性好之,自不能已。窥见吾松雪精此墨竹,为日已久,亦颇会意。"

大意便是说:书画并非女工,可我生来痴迷于此,又看到夫君精通画墨竹,久而久之,耳濡目染,也就懂了几分画墨竹的意趣。

赵孟頫去外地赴任后,他们夫妻曾两地生活了一段时间。思念夫君的管道昇便画了一幅墨竹图寄给赵孟頫,还专门在画上题了一首小诗:

> 夫君去日竹初栽，竹已成林君未来。
> 玉貌一衰难再好，不如花落又花开。

她毫不掩饰地表达了自己对夫君的思念，又委婉地提醒着夫君惜取眼前人，如此多才、多情又聪慧的妻子，想来赵孟頫无论走到何处，总要惦念不已吧。

在赵孟頫心目中，管道昇是天生的才女。他曾称赞管道昇："不学诗而能诗，不学画而能画，得于天然者也。"

婚后两年，赵孟頫已升至五品兵部郎中、奉训大夫；十余年后，赵孟頫成为大名鼎鼎的魏国公，管道昇也被册封为魏国夫人。

与权势和地位一同袭来的，还有没完没了的应酬。私下里，管道昇总是嫌每日要处理的事情太多，心境难得安宁。然而在人前，她永远是有条不紊、进退得宜的当家主母。

古时的大户人家，总有处理不完的应酬与琐事。每年到了祭祀先祖的时节，管道昇还要做足了规矩来祭奠祖先。她向来把夫家的人当作自家人来对待，夫家人有事，她必定第一个出面解决。若遇到贫苦之人，慈悲心肠的她从不吝于施以援手。在宾客面前，她总能八面玲珑，把一切事情处理得滴水不漏。

管道昇与赵孟頫相伴三十余载，他们共同将一个小家经营得风生水起，不仅赵孟頫在仕途中顺风顺水，他们的九个子女也个个出类拔萃。一门三代，出了七个古今驰名的书画家，这是何等的成就！

所谓神仙眷侣，便应是这般旗鼓相当的两个人。他是"神"，有情意，有前途；她便是"仙"，有美貌，更有才情。

真正的爱意，并非挂在嘴上，而是体现在生活的每一个细节中。在管道昇的《渔父图》上，赵孟頫曾留下这样的词句：

渺渺烟波一叶舟，西风木落五湖秋。盟鸥鹭，傲王侯，管甚鲈鱼不上钩。

侬在东南震泽州，烟波日日钓鱼舟。山似翠，酒如油，醉眼看山百自由。

一官侍二朝，或许只有身为妻子的管道昇理解赵孟頫的无奈。于是，她在赵孟頫的词句后面相和道：

遥想山堂数树梅，凌寒玉蕊发南枝。山月照，晚风吹，只为清香苦欲归。

南望吴兴路四千，几时间去苕溪边。名与利，付之天，笑把鱼竿上画船。

身在燕山近帝居，归心日夜忆东吴。斟美酒，脍新鱼，除却清闲总不如。

　　人生贵极是王侯，浮利浮名不自由。争得似，一扁舟，弄月吟风归去休。

管道昇是在用这样的方式向夫君表白：若你有千斤重担，为妻便替你分担五百斤；若你厌倦朝堂，为妻便陪你浪迹江湖。

然而，再完美的婚姻，中途也要经历许多不和谐的插曲。据说，赵孟頫曾萌生过纳妾的念头，便委婉地向管道昇透露了自己的想法。

听闻赵孟頫的想法，管道昇心头的醋意并不是泼洒出来，而是混进墨汁，化作一首小词：

我侬词

　　你侬我侬，忒煞情多，情多处，热如火！把一块泥，捻一个你，塑一个我。将咱两个，一齐打破，用水调和。再捻一个你，再塑一个我。我泥中有你，你泥中有我，与你同生一个衾，死同一个椁。

字里行间半句未说拒绝，却每一字每一句都暗含着拒绝之意。似管道昇这般"荣华似桃李"的才女，放眼世间，又有几个？几段露水姻缘，凭什么取代管道昇在赵孟頫心里的地位！

管道昇的《我侬词》与卓文君的《白头吟》何其相似，身处于不同时代的两位才女，必定是怀着相同的心境，抑制住颤抖的手，用最平静的语调写出狂怒的心声。

看到这首词的赵孟頫，应该是惭愧的吧？差一点，他就走上了司马相如的老路，好在，他及时回了头。从那天开始，赵孟頫再不提纳妾之事，管道昇用理智挽救了自己的婚姻，甚至顺便为自己的夫君指点出一条明路。

延祐五年（1318），管道昇心疾发作，赵孟頫多次上书向皇帝恳求，终于被允准送妻子南归。延祐六年（1319）4月，赵孟頫带着管道昇从大都（今北京）踏上归程，可惜，管道昇终究没能回到家乡，5月，在山东临清的小舟中，管道昇永远地闭上了眼睛。

从此，回乡的路变得那样漫长。赵孟頫甚至一度觉得，失去了管道昇，他的人生也失去了意义。

直到三个月后，赵孟頫依然没能从管道昇去世的打击中缓过来。他用自己最擅长的小楷，为管道昇写下了《洛神赋》。那是三国时期曹植创作的赋文，表达的是对人神相隔的痛楚之情。

三年后，赵孟頫也离开了人世。直到临终之前，他依然没能走出失去爱妻的悲伤。他在给管道昇的墓志铭中写道："夫人天资开朗,德言容功,靡一不备,翰墨辞章不学而能,处家事则内外整肃……"

有生之年,他们彼此照亮,彼此成就,死后,他们合葬一处,这也正应和了《我侬词》中所写的"与你同生一个衾,死同一个椁",对于相伴大半生的恩爱夫妻而言,这便是真正的圆满吧。

赵明诚与李清照

至死不渝

赵明诚与李清照，是北宋末年至南宋初年令人艳羡的一对才子佳人。一个世家公子，一个千古留名的女词人，他们的婚姻，的确曾经美满得让人相信爱情，而这段婚姻的尾声，也足以令人感叹唏嘘。

虽然是生活在封建社会的女子，但李清照是幸运的，她有一对开明的父母，不仅给予她全部的爱，还为她提供最开明的教育。于是，自幼饱读诗书的李清照，渐渐成长为一名毫不矫揉造作的豪放女子。十七岁那一年，一次外出郊游，带着醉意的李清照在归家途中，一不留神便创作出一首传世名作。

如梦令

常记溪亭日暮，沉醉不知归路。兴尽晚回舟，误入藕花深处。争渡，争渡，惊起一滩鸥鹭。

那日傍晚，她本想独自划着小船回家，却不小心误入一片荷花池中。她拼命划动船桨，想要争渡出一条路，哪知却惊动了刚刚栖息的水鸟，它们用力扇动翅膀从这个不速之客身边逃离，李清照却被逗得笑红了脸颊。

一首活泼明艳的小词，立刻就让李清照在当地文人之间小有名气。不久之后，李清照的父亲李格非升任礼部员外郎，前往京城就职。李清照也随父亲前往京城，只不过，她的旅程，是被红线牵引着的。

不知从何时开始，李清照的才名已经传到了京城，许多京城名门人家争相派来媒婆，希望李清照成为自家的儿媳。没有人能想到，属于李清照的姻缘，竟来自一场不期而遇。

那是一个明媚的春日，李府花园里的花早已开得锦簇，花丛中的一架秋千上，传来少女的笑声，李清照正乘着那架秋千自在地飞舞。一双绣鞋被她甩在秋千旁边，仿佛是为了摆脱束缚。她像是一只自由自在的鸟，眼看天边的云彩离自己越来越近，再轻轻挥一挥衣袖与它们作别。

一名俊雅的少年，便是在这时出现在花园里的。他便是少年时的赵明诚，本是来拜访李格非，却误打误撞走进了花园。

乍然见到一名陌生男子出现，即便是性格爽朗的李清照也被吓了一跳。她慌忙止住秋千，急匆匆地从尴尬的现场逃离，却忘记了自己脚上没有穿鞋，只穿着袜子跑向了花园的隐蔽角落，就连头上的金钗掉在地上也没有发觉。

如此与众不同的少女，猝不及防闯进赵明诚的视线，他几乎被吸引得呆立在原地。回过神之后，赵明诚发现，自己的心跳竟不知在何时乱了节拍。殊不知，那刚刚"逃走"的少女，也忍不住躲在角落偷看他。

当赵明诚走进李格非的书房，李清照便悄悄从花园中溜了出来，站在书房门口，假装嗅一枝青梅，视线却偷偷飘向了书房里的那个年轻人。

这是李清照第一次感受到心动的滋味。回到房里，少女萌动的芳心，便化作她笔下的一首小词：

点绛唇

蹴罢秋千，起来慵整纤纤手。露浓花瘦，薄汗轻衣透。

见客入来，袜刬金钗溜。和羞走，倚门回首，却把青梅嗅。

彼时的赵明诚，还是太学里的一名学生，在他眼中，仕途远没有金石书画有趣。这般单纯的性格，刚好是李清照最欣赏的。

在双方父母的撮合下,十八岁的李清照与二十岁的赵明诚结为夫妻。他们新婚宴尔,比世人所想的更加甜蜜、情投意合。他们的眼中满满的都是彼此,即便是最寻常不过的日常,都如同浸泡了蜜糖般令人愉悦。

那日清晨,卖花人挑着花担沿着大街小巷叫卖,爱花的李清照叫住了卖花人,从花担上挑出最鲜嫩欲滴的一枝,插在如云的发髻上,笑着问赵明诚:"是花好看,还是我好看?"

一旁的赵明诚早已将宠溺盈满双眸,恐怕在他眼中,世上再没有哪一朵花能抵得过眼前这个娇憨可爱的女子吧!

太学的课业繁忙,即便新婚,赵明诚也不得不按时去上课。每月的初一和十五两日,是太学放假的日子,也是他们小夫妻团聚的日子。

满脑子奇思妙想的李清照,动不动就会制造一些小惊喜。那年上元节,赵明诚从太学放假归来。刚进家门,下人便来禀报,说有一位公子自称是赵明诚太学里的同窗,前来拜访。赵明诚赶忙出门迎接,远远地就看见一位俊俏的公子站在门口,却似乎并没有在太学里见过。正在疑惑之间,赵明诚走到了那位"公子"面前,仔细一看,才发现那所谓的"公子"其实就是穿着男装的李清照。

见夫君没能立刻认出自己,李清照一边嘲笑着夫君眼神不济,一边又窃喜着自己的恶作剧又一次成功。平淡的生活,就这样在小夫妻的调笑之间变得有滋有味。

李清照与赵明诚,既是恩爱的夫妻,又是有共同爱好的知己。赵明诚喜欢收集金石书画,李清照便经常陪着他去古玩市场"淘宝"。有时看到喜欢的物件却没有钱买,李清照便当掉自己值钱的衣物,把"宝贝"捧回家送给丈夫,让其彻夜不眠地赏玩。

原本,李清照以为会一直这样岁月静好,然而,一场突如其来的党争,将宁静的生活搅得支离破碎。

李清照的父亲李格非身陷党争之中,还被安上了"元祐奸党"的罪名,他的名字与其他三百多名"罪人"一起被刻在石碑上,仿佛是皇帝时刻想要提醒自己,不要忘记对这些"罪人"的痛恨。

罪人当然是不配拥有官职的,李格非就这样被免了官,京城中再也没有他的容身之地了。得知父亲即将被遣送回原籍,李清照哭着哀求公爹赵挺之,希望他能替李格非说情。

然而,赵挺之用沉默的方式选择了自保。那是李清照第一次体会到人情冷暖,原来,所谓的亲情,在利益面前竟如此不值一钱。一怒之下,她决定和父亲一同返乡,即便她舍不得赵明诚,但也不愿意仰人鼻息地生活。

思念充斥了分别的每一个日夜,因为思念那样深沉,于是便有了落笔成词:

一剪梅

红藕香残玉簟秋。轻解罗裳,独上兰舟。云中谁寄锦书来?雁字回时,月满西楼。

花自飘零水自流。一种相思,两处闲愁。此情无计可消除,才下眉头,却上心头。

过了整整三年,李清照与赵明诚才等来了夫妻团聚的日子。那时,朝廷对元祐党人的态度已经缓和,李清照终于可以返回京城了。然而,她日夜期盼的平静生活并没能如期到来,回到京城后不久,赵挺之就因为党争被罢免了官职,忧愤之下,赵挺之离开了人世,赵明诚也因此遭受牵连入狱。

向来不喜欢与官场人士来往的李清照,不得不放下身段,四处求人打点,好不容易才把赵明诚从牢狱中营救出来。不过,京城再也不是久留之地,赵明诚只好带着李清照返回了自己的家乡青州,过起了避世隐居的生活。

在青州,他们迎来了人生中最闲适的一段时光。与爱人独处的日子,粗茶淡饭比大鱼大肉更有滋味,一缕书香,足以填满两个快乐的灵魂。

他们在青州的家里开辟了一间书房,取名"归来堂"。他们在那里一同读书、写词,收集金石书画,兴致勃勃地把爱好当成了事业,从中寻找出丰富的乐趣。两人常常因为赏玩古玩书画忘记了睡眠,于是,他们不得不约定,以一支蜡烛燃尽的时间为限，时间一到，必须放下手中的藏品，尽快休息。

比谁的记忆力更好，成为他们夫妻之间专属的小情趣。有时，两人会在书房中泡上一壶好茶，找出一部两人熟读的书，随手翻出其中的一处典故考对方，先答对的人，就能获得品尝香茶的资格。

李清照从小记忆力便很好，"赌书"的游戏总是她获胜的次数多一些。一次，因为赌赢了扬扬得意，竟不小心打翻了茶杯。茶水泼到了书案和衣服上，赵明诚便带着宠溺的笑，手上还不忘记"拯救"书桌上的古书。

随着藏书越来越多，他们在家中设立了一座"图书馆"，将书籍分门别类登记，编上号，放在固定的书架上。无论谁从书架上拿书阅读，都要先在档案上登记"借书记录"，归还时再将记录消除，还要把书放在原来的位置。

"赌书泼茶"的快乐，持续了整整十年。这十年间，赵明诚完成了《金石录》的创作，也正因为这一部《金石录》，朝廷再一次注意到赵明诚，并起用他担任莱州知州。

踌躇满志的赵明诚，即将奔赴美好的前程。李清照暂时还不能与他同行，只得留在原地，继续过着纯净如水的生活。

临行之前，赵明诚曾承诺，很快就会接她过去。可是等了许久，李清照并未等到赵明诚的音信，只得打点行装，千里寻夫。

当再见到赵明诚时，李清照发现他早已不似从前的模样，他的身边环绕着莺莺燕燕，除了他新纳的妾室，还有他在府中养的歌伎。第一次，李清照觉得自己在赵明诚的生活里是多余的。

做官之后的赵明诚，几乎再也没有碰过他曾经珍爱的诗书与古玩。他每日都忙于应酬，权势与财富显然更能吸引他的兴趣。

战乱很快袭来，收藏在青州家里的那些金石字画几乎全部付之一炬。李清照独自返乡，好不容易从战火中抢出一些藏品，足足装了十几车，由她独自押送返回赵明诚身边。

而一心钻研仕途的赵明诚，似乎从未将国家危亡放在心上，他更看重权势与富贵，也更看重自己的性命。

担任建康（今江苏南京）知府的时候，当地曾发生兵变。提前得知消息的赵明诚，竟然不顾自己为官的身份，更不顾百姓的安危，独自趁着夜色翻越城墙出逃，甚至没有带走李清照。

事情败露之后，赵明诚被朝廷罢免了官职。身为妻子，李清照不得不陪着他一同被遣返原籍，然而十余载的夫妻之情，早已在赵明诚抛弃发妻独自逃亡的那一刻消失。

当走到乌江边时，李清照想起自刎于江边的西楚霸王项羽，心中越发升起对赵明诚的鄙视之情。

夏日绝句

生当作人杰，死亦为鬼雄。

至今思项羽，不肯过江东。

　　哪怕赵明诚为了守护城中百姓而战死，李清照的内心也会比现在好受一些吧。身边的夫君再也没有了昔日意气风发的模样，所谓爱情，在李清照的心底正在一点点消逝。

　　或许连赵明诚自己也未曾想到，他竟然还能获得朝廷的重用。遣返的路，他们刚刚走了一半，朝廷的任命诏书便已送达，赵明诚被任命为湖州知州。他难以抑制心中的狂喜，只匆忙收拾了几件行李，便先行一步赶去赴任。

　　临别之前，他反复叮嘱李清照，要保护好随身携带的珍贵物品，却从未叮嘱一句让她保重身体的话。

　　所谓命运的捉弄，便是在喜讯之后兜头砸下一个噩耗。与赵明诚分别不足一个月，李清照竟然收到了他病重的消息。他终究没能抵达湖州，在走到建康时便一病不起了，李清照匆匆赶来，只来得及与赵明诚见上最后一面，从此他们夫妻二人便阴阳永隔了。

　　赵明诚留给李清照的，唯有他亲手撰写的《金石录》。余生，李清照用大半光阴完成了《金石录后序》的撰写。也许，她是在用这样的方式，来实现对爱情的至死不渝。

吴文藻致冰心

纵横地写遍了相思

　　吴文藻是我国著名的社会学家、人类学家、民族学家、教育家,曾提出过"社会学中国化"的学术思想,为我国社会学、人类学和民族学本土化做出了巨大贡献。

　　冰心是我国著名现代作家,她在代表作《小橘灯》《寄小读者》《再寄小读者》中,如同一位知心姐姐一般,与小朋友促膝谈心,影响了几代中国儿童。

　　吴文藻和冰心,在各自的领域中取得了非凡的成就,在生活中,他们之间的爱情,也堪称一段传奇。

　　冰心原名谢婉莹,她出生于富庶之家,自幼在家塾中读书,七岁便读完了《水浒传》《三国演义》等大部头的中国古典文学名著。十五岁时,她开启了自己的文学创作生涯,在小说《两个家庭》中,她第一次使用了"冰心"这个笔名,只因她太爱唐代诗人王昌龄在《芙蓉楼送辛渐》中写的那句"一片冰心在玉壶"。

小小的年纪,冰心已经成为当时中国文坛家喻户晓的人物。在她的身边,总是充斥着赞扬的声音。直到那一次,在去往美国的邮轮上,冰心第一次听到了一种不一样的声音,也遇到了一个不一样的人。一生的缘分,就此开启。

那是1923年,二十三岁的冰心凭借优异的成绩,获得了去美国波士顿威尔斯利女子大学留学的机会。临行之前,她的好友吴楼梅曾特意叮嘱她,帮忙照顾一下她的弟弟吴卓。

一登上去往美国的"约克逊"游轮,冰心就四处打听同乘一船的吴卓,冰心的同学许地山也在邮轮上,热心的他也帮着冰心一同寻找。没过多久,许地山果然带来了一个姓吴的男生,只不过,他并不是吴卓,而是冰心未来的丈夫吴文藻。

当时,吴文藻以优异的成绩从清华大学毕业,并获得了去美国哥伦比亚大学留学的机会。

起初,冰心并不知道自己找错了人,还把对方当作吴卓交谈了起来。"你姐姐让我来照顾你",是冰心的开场白。一句话把吴文藻说得一头雾水,忙不迭地仔细回想:自己那个没怎么上过学的姐姐,是怎样认识一个能去美国留学的女孩子的呢?

经过一番交谈,两人这才发现闹了一个"乌龙"。气氛一下子变得尴尬起来,因为认错了人,冰心不好意思地脸红了,吴文藻走也不是,留也不是,一双手几乎尴尬得无处安放。

就在这时,与冰心同行的几位同学邀请他们一同玩丢沙袋的游戏,尴尬的局面总算被打破了。几轮游戏下来,几名年轻人很快熟络起来,冰心和吴文藻也终于可以自如地交谈了。

在游戏的空当,他们一同倚着栏杆休息,不知不觉间,话题聊到了诗词歌赋。他们越聊越投机,从诗词到哲学,话题越聊越多。当得知冰心就是创作了诗集《繁星》和小说集《超人》的著名女作家时,吴文藻有些惊讶。当冰心以为他会像大多数人一样称赞自己的时候,吴文藻却问了一句:"你去美国学什么?"

冰心愣了一下,接着回答道:"我自然想学文学,想学一些与外国诗人有关的功课。"

吴文藻接过冰心的话茬继续提问:"你有没有读过评论拜伦和雪莱的书?"说完还列举了几本有关的书。

这个年轻人实在是很有意思,在小有名气的女作家面前,竟然连一句客套的称赞都懒得说,冰心微笑着摇了摇头,说:"没有看过。"

没想到,吴文藻接下来的话竟然那样耿直,他说道:"如果你不趁在国外的时间多看一些这里的书,那么这次到美国就算是白来了。"

如此坦率的吴文藻,令冰心肃然起敬。在后来的回忆中,关于这次初遇，冰心写道："像他这样初次见面，就肯这样坦率进言，使我把他视为平生的第一个诤友、畏友。"

从那一天开始，吴文藻这个名字，在冰心的心底打下了深深的烙印。

两个星期的航程很快过去，抵达美国后，冰心前往威尔斯利女子大学研究院进修，吴文藻则奔赴达特茅斯学院攻读社会学。初到异国他乡，冰心收到了许多同船朋友的来信，有的洋洋洒洒数页纸介绍自己的家世，有的用华丽辞藻倾诉对她的仰慕，唯有吴文藻只寄来一张简单的明信片。那上面没有过多的言语，只有礼貌的问候，在明信片的落款上，是吴文藻的大名。

对于那些渴望与冰心交往的来信，冰心一律用明信片做了简单而又礼貌的回复，唯有对吴文藻的明信片，冰心选择了用信件回复。

收到冰心的回信，作为回应，吴文藻特意买了几本书寄给她。从此，他们开始了书信往来。冰心在波士顿，吴文藻在新罕布什尔，七八个小时的车程，见面并不容易，一封又一封的信件，维系住了这段情谊。

有时，吴文藻会在写给冰心的信中，用红笔标注出一些句子。这些都是描写爱情的句子，这是非文学专业出身的吴文藻能想到的最浪漫的方式。他们都明白自己对对方的好感，可是，却没有人主动捅破这层窗户纸，尤其是吴文藻，他了解冰心优越的家境，担心自己清贫的出身，无法让冰心过上好日子。

如果说蕴含在信件里的情愫，只是爱情的萌芽，那么，冰心在异国他乡的一场病，则推动了这段恋情的进展。

在国内时，冰心曾患过肺病。到了美国之后，她的肺病又复发了。病倒在异国他乡，远离亲友的孤独，比身体上的病痛更折磨人。就在这时，吴文藻适时地出现了。

吴文藻原本不知道冰心生病，那一次，他刚好有了一段假期，便打算去纽约旅行。路过波士顿时，吴文藻临时决定去探望冰心，没想到却见到了冰心在病床上虚弱的模样。

谁能想到，面对脸色苍白的冰心，憨厚的吴文藻依然没能说出半句甜言蜜语。他只是叮嘱冰心："要跟医生配合，按时吃药。"可是，就是这样简单却充满关切的话语，让冰心的心暖了起来。

1925年，在波士顿的中国留学生打算公演中国的戏剧《琵琶记》，冰心获得了一个演出角色。在公演之前，冰心给吴文藻寄去一封信，中间还夹着一张门票。她希望与吴文藻一同分享这个值得纪念的时刻，可是收到门票的吴文藻却犹豫了。

家境清贫的吴文藻，就连读大学时的路费都是从亲戚那里筹集的，他虽然十分欣赏冰心，却也知道，家境的贫富，是两人之间巨大的鸿沟。于是，自卑的他写信婉拒了冰心的邀请。

那一天，冰心带着满心失望走上了舞台，当走上舞台中心的那一刻,她惊喜地发现,就在舞台的前排,她特地为吴文藻留的那个位子上,出现了一个熟悉的身影。

原来,几番纠结过后,吴文藻还是无法割舍对冰心的情感。于是,他赶来赴约,暧昧的情愫,从这一刻开始明朗。

冰心从来不是一个喜欢做小女儿姿态的人,可是那天演出之后,在吴文藻面前,她脸红了,轻声细语地说道:"上次我生病,你来看我,我很高兴。"说完这一句,冰心竟不知道接下来该说什么了,只得红着脸跑开了。

缘分的奇妙之处就在于,总能让两个有缘人不期而遇。那次分别之后,冰心为了顺利毕业,按照学校的要求辅修第二门外语。在伊萨卡市康奈尔大学的法语课堂上,冰心竟然与吴文藻不期而遇。

下课之后,他们相约划船。环绕在美景之中,吴文藻终于鼓足了勇气,向冰心袒露了自己的真心。他郑重地说道:"我们可不可以最亲密地生活在一起?做你的终身伴侣是我的最大心愿。"

面对吴文藻的大胆表白,冰心坦率地给出了答案:"我自己没有意见,但我不能最后决定,要得到父母的同意。"

这样的回答,等于是委婉地接受了吴文藻的表白,他们终于成为甜蜜的恋人。

几个月后,冰心即将完成学业回国,吴文藻则要继续留在美国攻读博士学位。在冰心回国之前,吴文藻交给她一封信,并叮嘱她，这封信是写给冰心父母的。

原来，吴文藻一直把冰心的话放在心里，他希望这段感情能够得到冰心父母的祝福，于是，他专门写了一封极其正式的求婚信。

其实，即便没有这封求婚信，冰心开明的父母也会同意女儿嫁给自己爱的人。当看到吴文藻在信中对冰心的评价，"令爱是一位新思想与旧道德兼备的完人"，他们更加确信，冰心在吴文藻心目中占据着极高的地位，欣然应允了这门婚事。

1928年，取得了博士学位的吴文藻，回国的第一时间就来到冰心家正式向冰心父母提亲。在上海，他们举办了简单的订婚仪式，之后吴文藻便来到燕京大学任教。转年夏天，他们在燕大附近的临湖轩举行了简单的婚礼。

两个月后，吴文藻又在自己的老家为冰心举办了一场盛大的婚礼。那一天，穿着一身中式旗袍、留着短发的新娘子冰心，乘船来到吴家码头，吴家的亲朋和当地的居民早就聚集在码头，等着一睹新娘子的芳姿。那场面，简直可以用"轰轰烈烈"来形容。从码头到吴家，不足三百米的路程，冰心是一路坐着花轿过去的，沿途的鞭炮声从未间断。新娘子一进吴家大门，宾客们便欢呼簇拥着她走上红毯，甜蜜的糖水也端到她的面前，那是象征着"团圆"的糖水，冰心只觉得自己从来没有像今天这样高兴过，属于他们的甜蜜生活，就这样开始了。

冰心曾说："婚姻不是爱情的坟墓，而是更亲密的灵肉合一的爱情的开始。"这是他们夫妻二人都明白的道理，于是，在婚姻生活里，他们从不拘泥于表面的形式，而是在繁忙的工作之余，享受婚姻带来的乐趣。

一有空闲，他们便会结伴出游，饱览祖国的大好河山，也会去外国访问游学。每去一个地方，他们都会分享彼此的经历和收获，这是他们最喜欢做的事情。

生活中，他们是情投意合的伴侣；工作中，他们是惺惺相惜的搭档。遇到对的人，用余生与其并肩而行，或许只有这样，才能称为爱情。

吴文藻将大部分心思都放在了学术研究上，于是，在妻子和岳父的心目中，他便成了不折不扣的"傻姑爷"。

一次，冰心拉着吴文藻一同观赏丁香花。吴文藻一颗心都牵挂在学术上，心不在焉地问了一句："这是什么花？"冰心想要故意逗一逗他，便答道："香丁花。"吴文藻似乎根本没过脑子，憨憨地随声附和道："哦，是香丁花啊。"

一句话引得现场的人哄堂大笑，像这种生活中的笑话，吴文藻还闹了很多次。

有一次，冰心让吴文藻给孩子买点心萨其马。因为孩子太小，只会说"马"，吴文藻就只记得一个"马"。到了点心店，吴文藻张口就要买"马"，把售货员弄得一头雾水。

还有一次，冰心让吴文藻给岳父买一件双丝葛的夹袍面子，这个词汇对于满脑子学术研究的吴文藻来说显然太过复杂,到了卖衣料的铺子,吴文藻冥思苦想了半天,不知怎么竟然只记得"羽毛纱"三个字。好在铺子里的店员和冰心的父亲相熟,特意打电话问道:"你家里要买一丈多羽毛纱做什么用?"这才避免了一场闹剧发生。

事后,冰心的父亲笑着调侃冰心:"这傻姑爷可不是我替你挑的。"冰心不仅不生气,反而觉得吴文藻傻得可爱,还专门写了一首宝塔诗调侃清华毕业的吴文藻在生活中闹的笑话:

马
香丁
羽毛纱
样样都差
傻姑爷进家
说起真是笑话
教育原来在清华

当抗战爆发后,日子变得艰难起来。为了躲避敌机轰炸,冰心一家撤离到云南,居住在呈贡三台山一座祠堂里。原本,这座祠堂叫作"华氏墓庐",为了让这个临时的家显得温馨一些,冰心为它改了名字,叫作"冰心默庐"。

当时,吴文藻在云南大学任教,工作地点在昆明,只有每周末才能回家。冰心便一个人承担起照顾家庭和孩子的责任,另一边还要从事中学教师的工作。十余年的动荡岁月里,冰心从未有过怨言。回忆起那段艰难的时光,冰心曾写道:"在坎坷的路上,扶掖而行的时候,要坚忍地咽下各自的冤抑和痛苦,在荆棘遍地的路上,互慰互勉,相濡以沫。"

他们二人无论是面对病痛还是战乱,始终相互扶持、患难与共。或许,最美好的爱情,就是这般模样吧。

中华人民共和国成立后,吴文藻与冰心成为建设祖国的成员,各自在擅长的领域发光发热。生活暂时还是艰苦的,但有了彼此的陪伴和鼓励,日子便既充实又幸福。

1985年9月24日,吴文藻离开了这个世界,只剩下冰心一人,怀念两个人在人间"偕老"的美好时光。此后十余年,冰心带着对吴文藻深深的怀念,继续着他未完成的事业,促进着社会学与人类学的发展。

十四年后,冰心也去了另外一个世界,享年九十九岁。按照她生前的遗愿,家人将她与吴文藻的骨灰合葬,让这对相爱一生的伴侣在另一个世界里继续相依相伴。墓碑上,他们的名字紧紧相依,仿佛在诉说着那段跨越时空的爱恋,见证着他们携手走过的风雨历程。也许,她是去赶赴与吴文藻的"约会"吧。这一世,有一人与你既情投意合,又志同道合,这样的人生,想必是没有遗憾的吧。

第三章 魂牵梦萦 父母之命，媒妁之言

闻一多致高孝贞

一切都是为你

  闻一多与高孝贞,他们的婚姻始于包办,终于爱情,二十多年的相濡以沫,足以证明最好的爱情并非轰轰烈烈,而是细水长流。

  1899年,闻一多出生在湖北黄冈浠水畔的一户书香门第。按照族谱,他这一辈的名字中应该包含一个"家"字,于是,家人为他取名"闻家骅",寓意是驰骋于天地之间的骏马。

  也许是因为家学渊源,闻家骅自幼便喜欢品读中国历代诗画、史书,渐渐显露出美术天赋。

  五岁那一年,闻家骅进入私塾接受启蒙教育,十岁又来到武昌,成为两湖师范附属高等小学堂的一名小学生。

  当清华留美预备学校开始向全国招生的时候,闻家骅已经成长为一名十三岁的少年。当时，整个湖北地区只有四个录取名额，而考试的科目竟然还包括闻家骅从未接触过的英语。

试卷上的英文题目，闻家骅一个都不会，他几乎交了一张空白的答卷，也在心中暗暗地告诉自己，这次恐怕考不上了。没想到，闻家骅的大名竟然出现在录取通知单上，这让全家人都大跌眼镜。

原来，闻家骅虽然英语只考了零分，但国文的考试成绩却相当优异，考官认为，他能在如此小的年纪写出如此大气瑰丽的文章，字里行间甚至还流露出几分梁启超的文风，必是可塑之才。

进入清华之后，因为想着简便，自己改名为"闻多"。起初，他改名为"闻多"，五四运动后，他又主张取消字、号，甚至取消姓，只留下一个"多"字。不过，他的朋友认为，只称呼他为"多"，听上去不太礼貌，便建议他在名字中加个"一"字，从此，闻家骅就成了"闻一多"。

才华横溢的闻一多，很快成为学校里的风云人物，《清华周刊》上经常发表他的文章，他还成了《清华周刊》编辑部的负责人。

五四运动激发了闻一多的爱国热情，他成为学校里率先投入革命运动的一分子，带领同学们散发传单，发表演讲，还代表清华去往上海参加全国学生联合大会，渴望激起大众的爱国热情。

他总能写出慷慨激昂的文字,尤其是他最擅长的诗歌,总能感染人。不知不觉,闻一多已经在清华度过了十年光阴。1921年,闻一多凭借优异的成绩从清华毕业,并获得了出国留学的机会。

一想到可以在国外学习更多的知识,接受更多进步的思想,闻一多便激动不已。他迫不及待将这个喜讯写信告知全家人,没想到家人的回信却仿佛向他兜头泼下了一盆凉水。

父母的回信内容十分简单,语气却不容商量,他们告诉闻一多,出国留学可以,但必须在出国之前回家,完成十年前定下的娃娃亲。

原来,自从闻一多考上清华,登门提亲的人便络绎不绝。家中长辈见他年岁渐长,便依照旧俗,为他定下一门娃娃亲。女方高孝贞,出身于黄冈地区的名门望族,她的父亲高承烈毕业于京师政法学堂,曾在广东、安徽等地任职高官,并且是一位清正廉明的好官。她比闻一多小四岁,与闻家是姨表亲。她自幼受到良好的家教,性情温柔,知书达理,是长辈眼中标准的贤妻良母。然而,接受了新式教育、满脑子都是新思想的闻一多,对这种包办婚姻极为抵触。他向往自由恋爱,憧憬着能与灵魂相契的伴侣携手,追求"最高、最真"的情感,在他心中,自由的爱情才是婚姻的基石,而非遵循父母之命、媒妁之言,与一个素未谋面的女子结合。

闻一多与高孝贞在小时候曾有过一面之缘,不过,除了知道有这样一个女孩子存在之外,对她几乎没有任何了解。

接到父母的回信,闻一多丝毫没有即将成婚的喜悦,反而心中十分不痛快。他是接受过五四运动洗礼的新青年,崇尚自由恋爱,厌恶包办婚姻。然而,父亲的态度却十分坚决,如果闻一多不肯回家成婚,父亲也不会同意他出国留学。

既然拗不过父亲,闻一多只能抱着最后的一丝倔强,与父亲谈起了"条件"。他提出:第一,不祭祖;第二,不行跪拜礼;第三,不闹新房。没想到,父亲对他提出的三个条件竟然照单全收,这下,闻一多再也没有拒绝结婚的理由。

倔强的外表之下,掩藏着骨子里的善良与温柔。他知道,如果自己执意悔婚,那个无辜的女孩子便会成为整个黄冈的笑柄,他的家族也会因此背上恶名。父母的宠爱、家族的荣耀、对陌生的未婚妻的怜悯,化作了一条无形的铁链,捆缚着闻一多的手脚,勒紧了他的喉咙。心中的痛苦无处排解,只能寄托于诗歌来发泄。

临行之前,闻一多依然对自己即将到来的婚姻充满了抱怨。他固执地认为,一个心甘情愿接受包办婚姻的女子,必定是封建礼教的产物,或许她还裹着小脚,并且从来没有念过书。

不过,闻一多对高孝贞的所有想象都源自误解,因为高孝贞有一位开明的父亲,她不仅没有缠过足,还接受过教育。

新婚那日,闻家张灯结彩,锣鼓喧天。对于闻一多而言,每一声锣鼓的节奏,每一声爆竹的"噼啪",都是对他无情的嘲笑。他从心底里排斥这场婚礼,因此,早上一醒来,他便头不梳脸不洗地一头钻进书房,仿佛只要躲在这里,就永远都不必出席那场可笑的婚礼。

眼看新娘的轿子抬进了家门,闻一多还是不肯从书房里出来。这一刻,家人再也不能纵容他任性,七手八脚地将他从书房中拽了出来,"押"着他洗了澡,剪了头发,换上了结婚的礼服。

整个婚礼的过程,闻一多就像一个提线木偶,在家人的摆布下完成了仪式。洞房花烛之夜,时隔多年,闻一多再一次见到了高孝贞。出乎他意料的是,面前的这个女子虽然安静温婉,却丝毫没有旧式女子的迂腐气息。更令闻一多惊奇的是,她竟然不是"小脚媳妇"。

这段婚姻的开始毕竟与爱情无关,闻一多还是无法立刻将心底的排斥彻底驱散。他在房间里站了很久,始终不愿意靠近新娘子。最终,还是高孝贞打破了沉默,她温柔地叫了一声:"家骅表哥……"这个称呼吓了闻一多一跳,他立刻抬手制止了高孝贞,语调僵硬地说道:"我给自己取了个名字叫'一多'。"

婚后的高孝贞,几乎每一天都能为闻一多带来惊喜。她认识字,也读过一些书,对于新式西学和外面的世界虽然不了解,却十分感兴趣。她尤其喜欢听闻一多讲学校里的事情,每次听到闻一多高谈阔论着自己的新思想,高孝贞的眼睛里便有光芒在闪耀。

渐渐地,闻一多产生了一个念头——送高孝贞去学校里接受新式教育。

不久,闻一多便要起程赴美留学。临行之前,他专门为高孝贞办好了武昌女子职业学校的入学手续,又给父母留下了一封措辞略显强硬的信。他在信中写道:"如今我敢于求见两大人者,只此让我妇早归求学一事耳!如两大人必固执俗见,我敢冒不孝之名,谓两大人为麻木不仁也。"

婚后不久,闻一多登上了前往美国的邮轮,高孝贞也成为武昌女子职业学校的学生。自闻一多离家后,在国内的高孝贞,便决心努力学习,提升自我。她牢记丈夫临行前的叮嘱。课堂上,她全神贯注地聆听先生授课,如海绵吸水般汲取知识;课余,她手不释卷,沉浸在书籍的世界里。她读唐诗宋词,感受古人的才情与风骨;读新文化书籍,了解时代的思潮与变革。在学习的过程中,她对闻一多的作品也产生了浓厚的兴趣,反复研读,试图从那些文字中读懂丈夫的内心世界。她知道,只有让自己变得更好,才能拉近与闻一多的距离,让这段婚姻有新的可能。

在陌生的异国他乡,与妻子通信,成了闻一多唯一的情感慰藉。他在信中对高孝贞说:"女人并不弱似男人。外国女人是这样,中国女人何尝不是这样呢?"

高孝贞也模仿着闻一多的语气，用白话文与他通信。在日渐频繁的通信中，闻一多发现，他与妻子之间的距离，正在逐渐靠近。

不久，高孝贞在信里告知闻一多自己怀孕的好消息。得知自己即将成为父亲，闻一多简直无法按捺欣喜之情。可惜，他身边没有可以分享喜悦的人，唯有诗句可以成为与他无话不谈的朋友。

五天之内，闻一多一口气创作了四十多首诗，每一首诗都被他冠上相同的题目——《红豆》。

他将诗句统统装进信封，寄给高孝贞，他说："你可以用手指轻轻摩着他们，像医生按着病人的脉，你许可以试出，他们紧张地跳着，同你心跳节奏一般。"

高孝贞如他所说，用手指轻轻摩挲着那些滚烫的文字，她虽然不能完全读懂，却唯独可以明白一件事——他的字里行间，写满了相思。

不知从何时开始，闻一多对高孝贞的思念之情越来越浓。通过高孝贞写来的信，闻一多知道，这个在旧式家庭中长大的女子正在蜕变。闻一多感受着高孝贞的进步，心底满是喜悦与自豪。他越来越期盼收到妻子的家书，在一封又一封的信件中，他们分享着彼此的梦想与思考，虽然从未拥有过热烈的爱情，但此刻的他们已经找到了彼此之间的默契。

女儿的降生，让闻一多第一次从婚姻中体会到"幸福"这两个字的真正含义。所谓传宗接代，是封建思想顽固不化之人才有的思想，对于闻一多而言，得到一个女儿，正遂了他的心愿，他甚至用"得意"两个字形容自己当时的感受。

1925年，完成了学业的闻一多婉拒了美国大学的挽留，急匆匆地踏上了回国的征程。他再也不愿在异国他乡浪费哪怕一分一秒的时间，回家，团聚，这样的字眼哪怕稍稍想起，一颗归心便会迫切不已。

眼看祖国的陆地已经出现在眼前，闻一多便迫不及待地脱掉了身上的西装，换上了长袍。他一把将西装扔进海里，仿佛在无声地宣告：与家人分别的日子已经彻底成为过去。当轮船缓缓靠岸，闻一多在人群中一眼便望见了高孝贞。她身着素色旗袍，眉眼含笑，眼中满是思念与期待。那一刻，往昔的隔阂与疏离仿若被海风一吹而散。

回国之后，闻一多接受了北京艺术专科学校的聘任，开始了教书育人的生涯。不久之后，他将妻子和孩子接到了北京，"幸福"两个字，终于变得更加具象化了。

闻一多和高孝贞在北京的家，成为"一群新诗人的乐窝"。学校里的同事和一些写新诗的作者经常在这里聚会，高孝贞便一边为大家准备酒菜，一边融入大家的欢声笑语中。闲暇之时，闻一多常带着妻儿漫步于故宫，巍峨的宫殿、精美的雕梁画栋，承载着历史的厚重，他轻声为妻儿讲述着往昔的故事，高孝贞听得入神，女儿眼中满是好奇；或是前往颐和园，湖光山色，长廊蜿蜒，一家人在美景中欢声笑语；抑或去动物园，看动物们憨态可掬，女儿兴奋地跑来跑去，夫妻二人相视而笑，温馨满溢。在这日常的点滴相处中，他们的心愈发贴近，曾经因包办婚姻筑起的那堵墙彻底坍塌。

一年后，因为人事变动，闻一多离开了北京艺术专科学校，辗转多地之后，他最终在青岛站稳了脚跟，担任青岛大学文学院院长兼中文系主任。为了让闻一多安心工作，高孝贞带着孩子回到了家乡。就在这段分别的日子里，他们的婚姻出现了一段小插曲。

刚刚退出话剧舞台的民国名媛俞珊，便是在这时出现在闻一多面前。她出身名门，从少女时便开始表演话剧，在话剧《莎乐美》中，她向观众呈现了极具争议性的造型与过于前卫的观点，于是，在家庭的强迫下，俞珊退出了话剧舞台，来到青岛大学任教。

俞珊的举手投足之间，皆是绝代佳人的风采，很难有男人不被她的魅力打动。在朋友的怂恿下，闻一多也想要一睹"莎乐美"的风采。当俞珊款款向他走来的那一刻，闻一多只觉得站在自己面前的是一位兼具东方外形与西式灵魂的公主。他不得不承认，俞珊的确有着非比寻常的魅力。然而，欣赏只是欣赏，闻一多并未对俞珊产生过多的爱慕之情。

几乎是在同一时间，闻一多的身边出现了另外一位女性，她便是与闻一多同在青岛大学中文系任教的女教师方令孺。

方令孺与闻一多有着相似的人生背景，他们同样出自书香门第，曾在美国留学，并且同样醉心于诗歌。闻一多曾在徐志摩主办的《诗刊》上发表了一首题为《奇迹》的长诗，诗句虽略显晦涩，但熟悉闻一多的人都认为，这首诗就是为方令孺创作的。

或许，闻一多的确对方令孺产生过朦胧的好感，但在好感进一步发酵之前，他选择了理性止步。不久之后，他便将高孝贞和孩子接到了青岛，那段不知是否存在过的朦胧情感，终究变成了轻飘飘的过往。

与高孝贞一同来到青岛的，还有他们刚刚出生的小儿子。一家人的团聚，使闻一多的生活重归完整。妻子和孩子均匀的呼吸声，是午夜时分最美妙的音乐，身处这份宁静与美好之中，闻一多的性格也渐渐圆润温柔起来。

1932年，闻一多接受了清华大学的聘请，回到北京任教。在北京，一家人延续着在青岛时的美满与欢乐，每到周末，全家人便会一同外出看电影，若是天气好，就会去颐和园、北海公园、动物园、故宫等地游玩。岁月静好的时光，只维持了短短五年，当时代的风暴掀起巨浪，没有任何一个小家能觅得一丝安稳。

1937年7月7日，卢沟桥事变的爆发，宣告着安稳的岁月正式成为过往。一个月之前，高孝贞带着两个儿子回到了家乡，得知战争爆发，她几乎每隔几天便要来一封信，催促闻一多带着另外三个孩子尽快赶回去。

回乡的铁路早已被战火破坏,闻一多带着三个孩子尝试了很多次,终于从天津取道浦口返回家乡。

战争带来了一场文化的劫难,为了保存民族教育的精华,全国各大高校纷纷南迁,在云南昆明共同组建了西南联大。

在家中待了一段时间的闻一多毅然奔赴了教育前线,高孝贞起初并不理解,还闹了好一阵的脾气。好在,她终归是一位通情达理的女性,没过多久便理解了丈夫这样做的意义,并赶在日军侵犯武汉之前,带着孩子们来到昆明与闻一多团聚。

然而,团圆并不意味着安定。在云南期间,为了躲避日军的空袭,他们光是搬家就搬了八次。战火之下物价飞涨,闻一多的收入越来越难以支撑一家八口人的支出。到后来,他的薪水最多只能维持一家人十天的生活,大半时间,他们都是在忍饥挨饿中度过的,就连豆腐渣和白菜帮都成了难得一见的可口饭菜。

为了补贴生计,高孝贞经常带着孩子们去河里捞小鱼小虾,还自己开了一块荒地用来种蔬菜。可这点收成只是杯水车薪,闻一多只得把自己唯一的一件狐皮大衣送去寄卖,结果因为受寒发了高烧,心疼丈夫的高孝贞连夜将大衣赎了回来。在艰难的岁月里,他们夫妻之间的感情变得越发牢固了。

1945年,艰苦抗战终于取得了胜利,当喜讯传来,往日经历的所有艰辛瞬间烟消云散。闻一多和高孝贞本以为好日子就在眼前，没想到尚未等到生活顺遂，一场突如其来的变故便打破了他们对未来的期盼。

得知自己的挚友李公朴不幸遇害，闻一多万分悲痛地赶到医院。面对挚友冰冷的身躯，闻一多含泪发誓："公朴先生为民主牺牲，我们还活着。我们要是不站出来，何以慰死者？为了民主，死又有什么可怕！此仇必报！此仇必报！"

据说，当时有传言称存在一份特殊名单，李公朴位列其中首位，闻一多也在名单之列。身边的亲友纷纷劝说闻一多前往国外暂避，他却一一谢绝了。在李公朴的追悼会上，闻一多情绪激昂地发表演讲，他向众人宣告："一个人倒下，就会有千万人站起来。"

闻一多的这番言论引发了一些势力的不满。在参加完一次记者招待会后，他被人跟踪。高孝贞曾极力劝阻闻一多不要前往，但他态度坚决，高孝贞知道无法阻拦，便让儿子闻立鹤在招待会结束后去接父亲回家。

招待会距离闻一多的家，不过短短几分钟的路程，然而，闻一多再也没能将这条路走完。在半路上他被特务的乱枪射杀，在家中听到枪声的高孝贞和孩子们匆忙跑到街上，在离家门不到十步远的地方，他们看到倒在血泊之中的闻一多。

为了理想和信念，为了国家和人民，闻一多选择了献身。他牺牲后，高孝贞并没有消沉和绝望，而是继承了丈夫的遗志，投身于爱国民主事业。她冒着生命危险，化名"高真"，带着孩子们逃到了"解放区",她将对丈夫的思念,化作前进的力量,在风雨飘摇的岁月里,坚定地守护着闻一多用生命捍卫的理想,为解放事业做出了贡献。

1983年,八十岁的高孝贞离开了人世。她也葬在了八宝山,终于与心爱的丈夫团聚了。

胡适与江冬秀

旧约十三年,环游七万里

有人说:性格相近的两个人,做夫妻会很苦,性格互补才是最好的结合。这句话放在江冬秀与胡适的婚姻里,似乎再合适不过。

民国岁月里,诞生了太多"小脚与西服"的结合,这样的婚姻大多没能获得圆满的结局。江冬秀与胡适,一个是缠过足的乡村女子,一个是长相俊秀、学贯中西、提倡新文化运动的先驱,竟然能在封建包办婚姻中幸福地生活到最后。他们的婚姻,一度被传为"民国笑谈",却因为美满的结局,变成了人们津津乐道的佳话。

清末民初,解放思想的大潮猛然颠覆了几千年来的封建传统,席卷了整个中国。一些饱受封建包办婚姻之苦的文人雅士，开始渴望恋爱自由、婚姻自主，即便家中已经有了妻室，依然为了个人幸福另娶他人。

有人曾大胆预测，胡适与江冬秀的婚姻早晚会"寿终正寝"，然而，这两个看似极度不般配的人，却一路携手，从青春年少走到白发苍苍，着实让太多人大跌眼镜。

或许，爱情最美好的样子，并非风花雪月，而是彼此陪伴、彼此温暖、悲欢与共。

胡适与江冬秀的婚姻，是传统的"亲上加亲"。胡家与江家的老家都在安徽，尤其是江家，是安徽的名门望族，江冬秀的外祖父是清朝时的探花郎，曾官至翰林。只不过，在封建礼教的束缚下，江冬秀虽然出身官宦之家，却因为女子的身份没能接受良好的教育，只在私塾中认了一些字。

江冬秀的舅母，是胡适的姑婆。那一年，江冬秀的母亲去胡适的姑婆家走亲戚，刚好胡适和母亲也在。江母见到眉清目秀、风度翩翩的胡适，便一眼相中他。在胡母面前，江母直爽地表示想要胡适做女婿。

胡母也觉得，亲上加亲是美事一桩，可是，胡适却无论如何都不肯点头答应。

况且，人都说属虎的人八字硬，江冬秀便是"母老虎"，岂不更厉害？此时，胡家已家道中落，而江家却依然兴旺，如果答应了这门婚事，会不会有人说自己攀高枝？

江母实在太想促成这门亲事，于是便拜托江冬秀的老师胡祥鉴做媒。胡翔鉴是胡适的本家叔叔，他在胡母面前替江冬秀说了许多好话，终于打动了胡母的心。不过，在同意定亲之前，胡母还要问一问"老天爷"的意见。

胡母特地要来了江冬秀的"八字"，请算命先生掐算。算命先生告诉胡母：江冬秀和胡适的八字、生肖非常合适，不仅不冲不克，还能为胡家传宗接代。

有了算命先生的推断，胡母还是不放心。于是，她又把写有江冬秀八字的红纸放进灶神爷面前的竹筒里，里面还掺杂了许多其他女孩儿的"八字"。这些女孩子都是胡家儿媳的"候选人"，胡母跪在灶神爷面前，虔诚地拿起竹筒摇晃了半天，之后拿起筷子，从竹筒中夹出一张"八字"。

当红纸展开，江冬秀的"八字"赫然在上，这下，胡母终于确信，江冬秀就是儿子的"天赐良缘"。就这样，没经胡适同意，两位母亲就私自定下了两个少年的终身大事。

胡适虽然百般不情愿，却拗不过一个"孝"字。胡适四岁那一年，父亲便去世了，只剩下他与母亲相依为命。别人家里有严父慈母，而胡适只有一个"严母"，无论是学业，还是做人，母亲都对胡适要求很严。胡适明白，自己的优秀离不开母亲的严格教导，他也知道，母亲从二十三岁守寡至今，将全部的爱都倾注到自己身上。虽对包办婚姻隐隐有所抵触，出于对母亲的孝顺，胡适也未强烈反对。他自幼目睹母亲的艰辛，深知母亲为自己付出的一切，在他心中，母亲的意愿至关重要。于是，为了母亲，他宁愿委屈自己，接受一段没有爱情的婚姻。

好在，母亲并不急着催他完婚，而是准许他继续完成学业。订婚之后，胡适便前往上海求学。1910年，他远赴北京，参加了庚子赔款第二期官费生赴美留学考试。

那一年只录取二百名考生，文学功底深厚的胡适，国文竟考出了一百分的好成绩，位列第五十五名，顺利获得了官费留学资格。

1910年8月，胡适在上海登上了前往美国的邮轮，开始了漫长的留学生涯。

胡适此行的目的地是位于美国纽约州的康奈尔大学。起初，他选择了农学专业，两年后，因为热爱文学，胡适又成为康奈尔大学文学院的学生，并担任该校世界学生会的会长。

1914年，胡适获得了康奈尔大学的学士学位，不过，他的学业并没有因此而终结。第二年，胡适又进入哥伦比亚大学哲学系，成为哲学家约翰·杜威的学生。他只用了短短两个月的时间，就通过了博士资格考试的初试。

优异的学习成绩、出色的组织能力，再加上温文尔雅的外形，使胡适成了美国留学生圈内的风云人物，一些外国女学生也对他暗生情愫。也正是在美国留学期间，胡适爱上了一位美国女孩儿。

初来美国时，胡适租住在绮色佳镇橡树街123号，房东是韦莲司先生。在当时的胡适看来，美国的大学生都是一群谈吐粗鄙、思想狭隘的人，既不爱读书，也不会写作。可是，房东的女儿韦莲司小姐却是一个例外。她不仅读过许多书，且非常有思想，胡适非常喜欢和她聊天，他们之间的每一次交谈，都能为胡适带来一些启迪。因此，胡适对韦莲司小姐既爱又敬。

那是胡适第一次与一个女孩子的心贴得如此之近，精神世界的美妙交流，让胡适对韦莲司小姐怦然心动。

远在家乡的江冬秀对胡适在美国的恋情一无所知。江冬秀识字不多，连写一封完整的问候信都很困难。胡适虽然迫于母命接受了这桩婚事，却从未奢望江冬秀能成为自己精神上的伴侣。

在爱情与亲情之间，胡适不是没有左右为难。然而，这个世界上，他最不忍心伤害的人就是母亲。如果他为了和韦莲司小姐在一起而悔婚，无疑是对母亲最大的伤害。于是，他便发乎情，止乎礼，与韦莲司小姐保持着适当的距离。即便是两人单独会面，胡适也会特意叫上其他同学，刻意使这段感情维持在友情层面。

转眼，胡适离开家乡已整整十年，江冬秀的耳边不是没有刮过一些风言风语。有人说，胡适在美国早就爱上了别人；还有人说，胡适娶了一个洋媳妇，而且还有了孩子。

无论别人说什么，江冬秀的态度始终是云淡风轻的。她懒得为这些事情解释，也不愿对胡适提出质疑。她只是默默地放开了自己缠过的双足，用这样的方式，表示自己和胡适一样，都是提倡"解放思想"的新青年。

得知江冬秀放开双足，胡适赞赏不已。1917年，完成了学业的胡适终于返回家乡，这一年，是他与江冬秀订婚的第十三年。

成亲之前，胡适专程去江家拜访长辈，也很想与江冬秀见一面。那一天，江家的楼上楼下都藏了许多人，人人都想看一看，这对订婚多年的小两口第一次见面会闹出怎样的笑话。没想到，江冬秀只坐在床帐里面与胡适见面，执意不肯拉开帘子。胡适知道，新娘与新郎在婚前不能见面，这是封建旧俗，如果让别人知道，在二十世纪竟然还有女子隔着床帐见未婚夫婿，恐怕会成为别人的笑柄。于是，那天离开江家之后，但凡有人问起新娘子的事情，胡适只说见过了，他并没有意识到，从那时开始，他便已经在有意无意地对江冬秀进行保护了。

作为一名新文化运动的倡导者，胡适虽然可以接受母亲包办的婚姻，却不能接受旧式的结婚礼节。在成婚之前，他亲自撰写了两副对联，一副是"旧约十三年，环游七万里"，另一副是"三十夜大月亮，廿七岁老新郎"。

如此风趣的对联出现在婚礼上，便是破除旧式礼节的开端。在婚礼上，胡适和江冬秀没有拜天地，只用鞠躬代替磕头。交换过金戒指后，新郎、新娘与证婚人在结婚证书上郑重地盖上自己的印章，一场别开生面的新式婚礼，从此拉开了新生活的序幕。

直到婚后，胡适才对江冬秀有了深入的了解。原来，她虽然生长于封建家庭，却不是一个怯懦胆小的女子，相反，她凡事都有自己的主见，做起事来雷厉风行，还有些泼辣，如同"女汉子"一般。

胡适回国后便来到北京大学任教，婚后第二年，江冬秀也被胡适接到北京，开启了新的生活篇章。初到北京，江冬秀面临着诸多挑战。一方面，她要适应北方的生活习惯与环境；另一方面，她要融入胡适所处的知识分子社交圈。然而，江冬秀凭借着自己的坚韧与智慧，很快便站稳了脚跟。

当时，中国文坛的知名人物梁宗岱也在北大任教，且与胡适关系不错。1934年，梁宗岱爱上了一个名叫"沉樱"的女子，想要和发妻离婚，取沉樱为妻。

梁宗岱的妻子何氏一怒之下，和梁宗岱对簿公堂。梁宗岱坚持认为包办婚姻不具备合法性，没想到，他的态度竟然激怒了江冬秀，她决定亲自帮何氏打官司。

到了开庭那一日，江冬秀如期出现在法庭上，向法官条理分明地陈述何氏如何勤俭持家、如何无微不至地照顾梁宗岱，她还指出梁宗岱的种种过错，甚至将他婚外情的事情揭露了出来。

江冬秀一口气说了半个小时，就连法官都听得入神了。到了辩论环节，江冬秀更是将对方的律师问得哑口无言，到最后,在场的所有庭审人员都站在了何氏一边,梁宗岱败诉。

"农村女子"在法庭上挑战北大教授,江冬秀"一鸣惊人"。整个京城都被这场离婚官司轰动了,各大媒体的头版都刊登了江冬秀在法庭上的飒爽身姿。世人并不知道,江冬秀之所以这样做,不只是为了帮助何氏,同样也是在捍卫自己的婚姻。

早在十余年前,江冬秀就险些经历与何氏同样的遭遇。

1923年,胡适前往杭州疗养,刚好江冬秀的表妹曹诚英(别名曹佩声)也在杭州读书,江冬秀便专门给表妹写信,请她替自己照顾胡适。

曹诚英曾是江冬秀婚礼上的伴娘,江冬秀对她十分信任。与胡适在杭州重逢时,曹诚英刚刚结束一段不幸的婚姻,就在她心境万分凄凉的时刻,胡适出现了,而江冬秀写来的那封错字连篇的拜托信,则给了她与胡适频繁接触的合理借口。

久而久之,曹诚英与胡适之间的感情不断升温,最后两人竟公开住在一起。很快,这件事便在京城的文人圈子里传得沸沸扬扬,江冬秀自然也有所耳闻。事已至此,胡适干脆向江冬秀摊牌,他说,曹诚英已经怀孕了,他要和江冬秀离婚,娶曹诚英为妻。

在封建礼教中长大的江冬秀,似乎根本没有学会忍气吞声。面对丈夫的婚外情,她不哭,不退,只是默默抄起了菜刀,另一只手紧紧拉住了儿子的手。她大声告诉胡适:"你若不和她断了来往，我就先杀了两个儿子，再自杀。"

江冬秀敢撒泼，且十分聪明伶俐。她知道，胡适是文化人，面子和名誉就是他的软肋，如果结发妻子因为他的婚外情而自杀，恐怕他会成为整个文化圈的笑柄。从此，胡适对江冬秀心服口服，再也不敢提跟离婚有关的半个字。

或许，江冬秀与胡适的婚姻少了些爱情，但一个"懂"字，便足以弥补一切。江冬秀虽然读书少，却深知胡适爱书如命。当战乱爆发，人人都忙着逃亡时，江冬秀却无论逃到哪里，都始终带着胡适的几十箱书。当战争结束，那些被胡适视若珍宝的藏书竟然一本不少，就连胡适都认为江冬秀创造了一个奇迹，专门写信对江冬秀表示感谢。然而，江冬秀的回答竟是那样轻描淡写，她说："胡适是最适合做学问的。"

不了解江冬秀的人，只认为她是一个泼辣的农村妇女；了解她的人，便知道她是一个既爱打牌，又爱读武侠小说的侠义女子。刚来北京时，胡适的收入并不多，但江冬秀还是大方地承担起侄子们的娶亲费用。只要老家来人，江冬秀便从头招待到尾，一应费用全部承担。胡家亲戚多，招待亲戚的开销也大，但江冬秀从来没有表示出半分不愉快，若亲朋或同乡有困难，哪怕江冬秀自己捉襟见肘，也要大方地对他们伸出援手。在生活中，江冬秀将家中事务料理得井井有条。她虽出身名门，却并未养尊处优，而是亲力亲为，操持家务。

在胡适的学术生涯与社会活动中，江冬秀也发挥了重要作用。胡适从国外回到中国时曾发愿"二十年不入政界",江冬秀深知官场的复杂与凶险,出于对丈夫的保护,她极力支持胡适的决定,希望他能专心于学术研究。1938年,胡适在蒋介石的多次游说下,答应担任驻美大使。江冬秀知道胡适的个性不适合从政,但既然胡适已经答应下来,江冬秀便义无反顾地陪着他前往人生地不熟的美国。江冬秀虽满心无奈与担忧,但还是选择理解胡适的苦衷,在背后默默支持他,独自承担起家庭的重担。

每经历一件事,胡适便能从江冬秀身上发现一个新的闪光点。二十余年的朝夕相伴,胡适发现江冬秀不仅是个勤劳、善良的旧式女子,更是一个勇敢、大气的新时代女性。

谁还能说,他们的婚姻无关爱情?若没有爱,从小娇生惯养的江冬秀为何为了胡适学会了一手地道的徽州菜?若没有爱,一向被认为粗枝大叶的江冬秀为何连挖耳勺这样的小物件都会为胡适准备齐全?江冬秀的确对内泼辣,对外同样如此。在美国,她虽然不懂半句英语,却敢一个人提着菜篮子买菜,不仅能买回所需的全部东西,就连零钱都一分不差地找回来。

在张爱玲眼中,江冬秀与胡适的婚姻,是旧式婚姻中难得的幸福例子。世人只知道嘲笑胡适"惧内",却不知道江冬秀对胡适的照顾已经细微到极致。在美国,她特意在胡适的领带背后缝了一个小口袋,里面装上一张五美元的钞票。她说:美国不太平，如果遭遇打劫，这藏起来的五美元可以让胡适叫计程车回家。

晚年的胡适与江冬秀，相互依偎，共度余生。胡适身体每况愈下，江冬秀更是寸步不离地照顾他。1962年，胡适因心脏病去世，闻讯赶来的江冬秀痛不欲生，医生为她注射了两针大剂量镇静剂，都没能让她的情绪平复下来。她与他相伴了四十五年，接下来的路，只剩她一个人走。

1975年，江冬秀在台湾溘然长逝，享年八十五岁。她在人间独自坚守了十三年，终于可以和胡适合葬一墓，或许，这便是江冬秀渴望的圆满结局。这段跨越了新旧时代、历经风雨的包办婚姻，最终以一种相濡以沫的深情画上了句号，成为民国史上的一段佳话，让后人感叹不已。

陆游与唐婉

山盟虽在，锦书难托

两情相悦，对于古时男女而言，实在是一个可望而不可即的字眼。父母之命，媒妁之言，拆散了太多有情人。在这些人中，陆游与唐婉，算得上爱情里的幸运儿，他们因情结合，门当户对，才子佳人，堪称绝配。只可惜，一个"情"字，是一把双刃剑，世人或许难以想象，因为情深，却不得不分离，再没机会实现所谓的生死相许。

宋朝，一个孕育出无限华美辞章的浪漫年代，亦是盛产才子与才女的年代。郑州通判的女儿唐婉是一位小有名气的才女，她的夫君，便是名传后世的陆游。

他们相识于幼时，青梅竹马，一双碧人。长大之后，他们顺理成章成了一对天造地设的夫妻，那样美好的姻缘，几乎羡煞旁人。

你侬我侬的新婚时光，让这对甜蜜的小两口以为，日子将会一直这样美好下去。正在准备科举考试的陆游，甚至一度忘了读书。于他们而言，世上的一草一木皆是风景，无论是赏花、游湖，还是踏雪，他们总能从中找出无穷的乐趣。

正当他们沉浸于携手相伴的甜蜜中时，陆游的母亲却再也无法容忍儿子因为爱情而耽误学业了。陆母固执地认为，若儿子想要追求功名，就必须斩断儿女私情。她曾委婉地向唐婉表达了自己的想法，可事实证明，陆母的劝告并没能让这对小夫妻的甜蜜减少半分。渐渐地，坊间开始流传陆游和唐婉创作的闺房词句，至此，陆母心头的怒火彻底被点燃了。

这一次，陆母没有再对唐婉好言好语，而是直截了当地训斥她，不要再因儿女之情耽误了夫君的科举前途。婚前，陆游曾参加过两届科考，都没能金榜题名，因此，陆母便越发渴望陆游能在科考中一举中第，她将光耀门楣的希望都寄托在陆游身上。

为了让儿子专心备考，陆母狠了狠心，决定拆散这对浓情蜜意的小夫妻。

自从成婚以来，唐婉从未犯过大错，陆母思来想去，似乎唯有没能给陆家生下一男半女这件事算是唐婉最大的短处。

陆母抓住这一点，逼迫陆游斩断情丝。陆游虽万般不舍，却不敢违抗母命。不过，他偷偷耍了一次"小聪明"。表面上，他答应母亲将唐婉送回娘家，实际上，他偷偷把唐婉安置在一处别院里，只要一有空闲，陆游便悄悄赶过去与唐婉相会。

好景不长，陆游与唐婉的秘密，终究还是被陆母发现了。这一次，陆母再也由不得陆游做主，为他安排了另一门婚事。

迎娶王家小姐，也意味着与唐婉之间的情分终于走到了尽头。陆游再婚的那一日，唐婉的眼泪打湿了脚边的花枝，一朵寓意断肠的"相思红"，在泪水的浸泡下悄然绽放。

善良的唐婉，独自一人承受着被情思拉扯心肺的痛苦，她不忍心责怪陆游，甚至不曾指责过一句："你为何不敢为了我违抗母命？"

唐婉听说，陆游再婚后很快有了孩子。若她从前还对重续前缘有什么幻想，那么，当陆游与王氏的孩子降生的那一刻，所有幻想都彻底破灭了。

于是，唐婉在父母的安排下，步入了另一段婚姻。

在相爱至深时被棒打鸳鸯，从此，唐婉便成为陆游心底永远都无法痊愈的伤。得知唐婉即将嫁人，陆游几乎想要狂奔到她的身旁阻止她，可又忍不住自问："你是她的谁，又凭何让她为你痴守？"

唐婉的新婚夫婿名叫赵士程，是南宋皇室宗亲。唐婉虽不是他的第一任妻子，婚后却被他宠溺地捧在手心。

其实，早在陆游与唐婉尚未分离时，赵士程就与他们相识了。赵士程是一名儒雅的读书人。一次，他随几位文坛上的朋友到陆游家做客，就是在那一日，他遇到了知书达理的唐婉。彼时，赵士程对唐婉落落大方的言谈举止十分欣赏，却从未有过非分之想，更未想过有朝一日他们会成为余生的伴侣。

得知陆游与唐婉分离，赵士程也替唐婉唏嘘了许久。他还曾劝说陆游不要再与唐婉私会，这并非出于私心，而是出于对唐婉名声的保护。他甚至还略带愤怒地斥责陆游："若你真的为了她好，便应该把她接回陆家。"

可惜，陆游终究没能鼓起反抗父母的勇气，反倒是赵士程，默默捡拾起唐婉碎了一地的心，再一片一片地拼凑完整，连同唐婉这个人一起，加倍地呵护。

对于皇室宗亲而言，即便是原配妻子去世，也不会再娶一名结过婚的女子。可赵士程不在乎，只要那个人是唐婉，他便愿意为她抵挡一切风言风语。

分别，从来不是感情的终结。若用情至深，哪怕生死也不能令爱泯灭，更何况，那个深爱的人，还好好地活在这个世上，即便已经另嫁他人，她的名字与容貌依然时常从思绪里翻涌而出，打乱生活里的平静。

自从与唐婉分别，陆游的生活彻底变了。他当上了父亲，与王氏相敬如宾，又在母亲的监督下刻苦读书。没过多久，陆游便在科举场上金榜题名，终于遂了母亲的心愿，可是，他的脸上却很少再露出笑容。

污浊的官场里，容不下一个有才华的年轻人。据说，陆游因为文采太过出众，抢了当朝宰相秦桧的侄子的风头，也因此遭到了秦桧的嫉恨。到了第二年春天礼部会试，秦桧竟然随便找了个借口，将陆游的试卷剔除了。

初涉官场，便亲历了官场的阴暗面，且仕途遭遇阻碍，这一切都让陆游无比失落。带着满腔失意，他回到了家乡，然而，家中亲人的照料并未让陆游宽解心事。那一日，他很想出去走走，仿佛再不走出家人关切的视线，自己憋在心底的情绪就要爆炸了。

不知不觉，他竟然走到了沈园。那是当年他与唐婉最喜欢同游的地方，原来，熟悉的记忆竟也能演化成煎熬的炼狱，将人带至熟悉的场景，却偏不肯带来那个熟悉的人，这是何等摧肝裂胆？

破碎的记忆几乎将陆游伤得体无完肤，可是，他还是无法控制自己的脚步，任由它"拖着"自己，走进了沈园深处。那一刻，他的灵魂似乎从身体中抽离，看着那些熟悉的景致，眼神空洞。

忽然，一抹熟悉的身影从一旁出现，陆游眼神中的空洞霎时被填满了。恍惚之间，陆游只觉得那个身影似乎被自己的出现惊到了，再也没有前行半步。

他终于收回了飘散的意识，目光里也渐渐有了焦点。直到唐婉的容貌清晰地出现在他的视线里，陆游依然不敢相信面前站着的就是他朝思暮想的那个人。他紧紧闭上双眼，双手用力地揉了揉眼睛，因为揉得过于用力，再睁开眼睛时，视线竟稍稍有些模糊，但唐婉的身形并未从视线里挪开。

那一刻，陆游终于确信，他与唐婉就这样不期而遇了。

一向文采出众的陆游，一时竟无法用言语形容唐婉脸上的神情。那神情中有惊讶，有悲伤，有委屈，有柔情，却唯独没有喜悦，她似乎在拼尽全力让自己的神情看上去平静一些，却终究还是在情感面前败得一塌糊涂。

陆游心中有千言万语，唐婉却没有给他表达的机会。她仓皇收拾起自己的情感，对着陆游礼貌地点点头，之后便走向了她原本要去往的方向——那个有夫君赵士程的方向。

看到唐婉缓缓走到赵士程的身边，陆游才终于想起，她早已另嫁他人。他以为，自己与唐婉的重逢将成为轻飘飘的过往，没想到，唐婉竟然又走回到他的身边。

陆游的嘴巴开合了几次，都没能说出恰当的开场白。最终还是唐婉打破了尴尬，她柔声说道："我的夫君在那边，请你过去同席饮酒。"

这便是赵士程的贴心之处，他深知唐婉永远都不可能彻底将陆游从心中抹去，那索性便坦然面对此刻的重逢。他让唐婉邀陆游入席，甚至还让唐婉亲自向陆游敬酒。有些感情越是不敢面对，便越会在心底堆积成伤，若坦然面对，至少还能让情绪找到一处宣泄的出口，并非坏事。

那一日，陆游喝下唐婉亲手敬的酒，起身向唐婉夫妇告辞。赵士程的态度足以令他明白，唐婉在赵士程身边才是最恰当的归宿。往日情分，只能随风逝去，陆游快步朝沈园的出口走去，直走到一面粉壁旁，他终于停下了脚步。似乎唯有留下些文字，才算是对这段感情最好的祭奠，于是，陆游要来笔墨，在沈园的粉壁上题词一首：

钗头凤

红酥手，黄縢酒。满城春色宫墙柳。东风恶，欢情薄。一怀愁绪，几年离索。错，错，错。

春如旧，人空瘦。泪痕红浥鲛绡透。桃花落，闲池阁。山盟虽在，锦书难托。莫，莫，莫！

转眼一年已过，沈园的粉壁上，陆游题写的词句已变得斑驳。然而，在陆游的词句后，又多了一首词，笔墨崭新，一看便知是刚刚题写上去的：

钗头凤

世情薄，人情恶，雨送黄昏花易落。晓风干，泪痕残。欲笺心事，独语斜阑。难，难，难！

人成各，今非昨，病魂常似秋千索。角声寒，夜阑珊。怕人寻问，咽泪装欢。瞒，瞒，瞒！

传说题写这首词的人便是唐婉。那日，她在沈园无意间读到了陆游留下的词，悲伤刹那间便将她的情感撕得粉碎。当年，她与陆游的定亲信物，便是一支家传的凤钗，光是看到《钗头凤》的标题，唐婉的眼泪便已经汹涌了。

她几乎是颤抖着写完了另一首《钗头凤》。回到家后，唐婉便一病不起。即便赵士程遍请名医，终究还是没能挽留住唐婉的生命。或许，这苍凉的人世，已不再让唐婉留恋。那是一个秋意萧瑟的时节，唐婉伴着一滴泪水，宛如一片落叶，悄然离开了这个世界。

自此，沈园便成了陆游的伤心地，却又令他忍不住一次又一次地踏足，或许唯有在这里，他才能感受到唐婉留于人世的气息。每当沈园对外开放，陆游的身影必定准时出现。

六十八岁，他在沈园写下《禹迹寺南有沈氏小园序》；七十五岁，他索性搬到沈园附近居住，触景生情，写下《沈园二首》：

其一

城上斜阳画角哀，沈园非复旧池台。

伤心桥下春波绿，曾是惊鸿照影来。

其二

梦断香销四十年，沈园柳老不吹绵。

此身行作稽山土，犹吊遗踪一泫然！

在唐婉离去的四十多年里，陆游每一天都未曾将她忘却。此生，他留给唐婉的唯有辜负，那么，就把爱留给来生吧！他在心底暗暗发誓，到那时，他必定不会让这份爱再有遗憾，更不会让这份爱消逝得那般匆匆。

第四章

之死靡它

关上一扇门，打开一扇窗

鲁迅与许广平
——一心一意向着爱的方向奔驰

凭文字闯出一片天地来的鲁迅先生,从来都是"横眉冷对千夫指"的形象,他以手中的笔墨为刀剑、为战场,将矛头对准整个腐朽落败的封建社会,对准所有在铁屋子里浑浑噩噩而不自知的群众。

习惯了他以刀笔吏的身份将人性深处的阴暗剖开来,习惯了他用尖锐冷酷的文字嬉笑怒骂,他本就是惊雷霹雳一样的存在,他是昂扬的斗士,他以全部的心血投身于社会的改造,他的文字总是给人醍醐灌顶、当头棒喝之感,能够让有良知的读者深思自省,直到惊出一身冷汗。

谁能想到这样铮铮铁骨的存在遇到命定的爱情,也会化为绕指柔,成为专属于许广平的"小白象"。《两地书》记载着两人相识相知的整个过程，一封封信件还原了大师生命中发自内心的一段爱情，其中有琐碎的生活小事，有发自肺腑的真情，也有略带调皮的玩笑……从而使那个旗杆标志一样的鲁迅先生，以更加真实丰满的形象出现在读者面前。

他的"小刺猬"许广平，于1898年出生在广东一个没落的士大夫家庭。这一年，十七岁的周樟寿改名周树人，入南京水师学堂求学。

这样年龄相差巨大、生活环境截然不同的两个人，原本应该是平行线一样的存在，谁能想到多年以后命运的安排竟让他们成为师生、恋人、夫妻。缘分真的是一种妙不可言的东西。

1922年，许广平考入国立北京女子高等师范学校（1924年改名"国立北京女子师范大学"）国文系，次年春，鲁迅受到好友的邀请来此讲学，两人有缘成为师生。北京女子师范大学的校园里，一场意义非凡的相遇悄然上演。彼时，鲁迅受聘任教，踏入这方充满青春朝气的知识天地，讲授《中国小说史》。课堂上，他独特的见解、深刻的思想，如同一把把钥匙，开启了学生们求知若渴的心灵之门。

早在此之前，许广平就对这个赫赫有名的大师心怀敬仰。他的文字、他的事迹在当时的青年中广为流传，又有谁不知道鲁迅先生呢？何况许广平在天津读书期间，原就是积极投身五四运动的热血青年，她曾任天津女界爱国同志会会刊《醒世周刊》的编辑，发表过许多关于妇女问题的个人意见。

鲁迅先生——一个走在时代前沿的战斗者，对这个心怀家国的年轻人而言，本就是光风霁月一样的精神导师，是自己不断前进的人生目标，她与当时众多青年人一样，尊敬他、仰慕他。

鲁迅先生教授的第一堂课让许广平印象深刻。初见鲁迅，她就被先生的气质与才情所吸引。讲台上的他，身着褪色暗绿夹袍与黑马褂，虽显破旧，却难掩那从骨子里散发的文人风骨。头发粗硬，笔挺竖着，操着一口带着浓重绍兴口音的"蓝青官话"，但一开讲，那渊博的学识便如清泉般汩汩涌出，瞬间将学生们带入一个精彩纷呈的文学世界。

他的严肃认真感染着所有的学生，他的深厚学识更是令人深深折服。与此同时，鲁迅作为一个教书育人的老师、作为一个略有声名的文坛前辈，其实并不是什么高高在上的存在，他乐于提携后进，乐意与先进的青年接触，也乐意从与学生的切磋中汲取精神的养分。正是因为如此，许广平心怀忐忑寄出第一封信，才会在第一时间收到回复，两人之间的故事才有了继续发展的契机。

她自称为"谨受教的一个小学生许广平"，以惴惴不安、万分紧张的心情给自己的偶像写了一封倾诉烦忧、排解疑难的书信。

她诉说着自己的疑虑，她不懂现实中的教育体制为何也会存在种种钱权污秽的现象，她将自己归为"一日日的堕入九层地狱"的青年人之一，希望先生"能够拯拔得一个灵魂就先拯拔一个"。这时候的许广平真真正正就是一个写信给师长的小学生。一方面，她自己心中的疑难不吐不快，希望能在更睿智、更有经验的人那里找到答案；另一方面，她又害怕自己的文字太过稚嫩，怕自己尊敬的先生懒得回答。从写信时她便带着惶恐不安的情绪，信件封存邮寄之后更是害怕石沉大海，没有消息。

没想到，看似冷漠的鲁迅先生实则外冷内热，对每一个梦醒后无所适从的年轻人都葆有最大的热情，他第一时间就回复了学生许广平，丝毫没有指教的姿态，反而像是在与之探讨重要问题。这样平和的鲁迅先生让许广平更加敬重，两人的通信自此也一发不可收拾。

在北京女子师范这段时间里，鲁迅与许广平之间的通信纯粹就是师生、是志同道合的长者与后辈之间的往来，他们谈论教育、谈论时事、谈论文学与梦想，往往能在很多事情、很多观念上不谋而合，这些精神上的交流切磋正是两人相恋的基础。

毕竟直到此时，二人都不知道自己命定的恋人就是信件背后的那个人。

当时的鲁迅早就在母亲的一力安排下娶了朱安——一个温顺传统、目不识丁的姑娘，鲁迅从一开始就不愿意接受这份婚姻，却最终拗不过母亲的坚持。婚后，鲁迅辗转各地，或求学，或谋生，很少回家，朱安不过是他形式上的妻子。鲁迅曾多次对友人说："她是我母亲的太太，不是我的太太。这是母亲送给我的一件礼物，我只负有一种赡养的义务，爱情是我所不知道的。"

然而他却很明确地知道，如果自己提出离婚，朱安的一生就会被无情摧毁，她没有立足之本，也不可能回到封建传统的娘家去，仅仅是流言蜚语就可能会令她成为下一个悲惨的祥林嫂。他不忍心因为自己让朱安成为牺牲者，所以他最强烈的反抗方式也不过是不靠近，却一直承担着照顾朱安生活的责任。他曾流露自己这辈子是无缘爱情了。

在象牙塔里全心求学的许广平，此时正是情窦初开的年纪，校园里到处是志趣相同的年轻人，她遇到爱情本就是再自然不过的事情。1923年，她遇见了李小辉，这位"热情、侠义、豪爽、廉洁、聪明、好学"的青年，本是许广平的表亲，彼时在北京大学求学。两个同在异乡，年纪、兴趣、生活圈子又大都相仿，自然容易互生好感。然而不幸来得太快了。春节期间，许广平偶然患上了猩红热，虽最终治愈，但因前来探望而被传染的李小辉却没能渡过这个难关，在正月初七不幸去世。初恋大多是青涩的，她甚至还来不及好好体会爱情的滋味，就已经被上天夺去了恋人，这应该是许广平心底最深的痛了。

一个从来不知爱为何物，一个青涩初恋匆匆夭折，自然很难会有一见钟情的疯狂碰撞，所有的只能是在越来越深的了解中，被对方的人格品行所吸引、所折服，在漫长的相处中逐渐萌发出爱意。

《两地书》其实足以窥见这些细微的变化，足以看见两人越来越坦诚的相处、越来越亲密的小举动。

起初，许广平和几个同学一起到鲁迅先生的住处拜访，她自称"顽皮的小鬼"，将这次拜访描述成一次生动有趣的探险经历。想来许广平的性格应该正是爽朗无畏，像一个小鬼头一样，所以才能够在鲁迅先生的心里跃动不已，直至占据一席之地吧。这次拜访，可以说将两人的联系从单纯的学校生活扩展到了对方的个人生活，从此，他们有了更多可以聊的话题，有了更多共同的回忆。

更令人意外的是鲁迅就这次"探险"出了试题："即如'小鬼'们之光降，在未得十六来信以前，我还没有悟出已被'探险'而去，倘如张君所言，从第一至第三，全是'冷静'，则该早经知道了。但你们的研究，似亦不甚精细，现在试出一题，加以考试：我所坐的有玻璃窗的房子的屋顶，似什么样子的？后园已经去过，应该可以看见这个，仰即答复可也！"

对这突如其来的拜访他竟也生出玩味的念头来，这样天真略带调皮的鲁迅先生可是太少见了，后来更是因为她轻易回答出自己的问题而耍赖说题目出得不好，语气心境都归于寻常男子。他对许广平这个小鬼头,不知何时就多了一分纵容与宠爱……

林语堂曾说:"周氏兄弟,周作人是热的,周树人是凉的。"我却不以为然,恋爱中的鲁迅先生是热的,即使是冰冷的笔尖也透着一股热度,因为他被来自春天的许广平解冻了严冬的寒冷,鲁迅的春天是绚烂的,当然,这段恋情也是五彩斑斓的。

小鬼头的热烈越来越能感染鲁迅,他渐觉自己尘封已久的心里突然涌出一丝柔情和爱恋来,这是前所未有的。她的热情终于战胜了鲁迅的诸多顾虑,1925年10月20日晚,在鲁迅西三条胡同的工作室——"老虎尾巴"里,鲁迅坐在靠书桌的藤椅上,许广平坐在鲁迅的床头,二十七岁的她首先握住了鲁迅的手,他也向许广平报以轻柔而坚定的紧握。他说:"你战胜了,你可以爱……"

从此,这个孤单前行了数十载的战斗者背后,有了一抹紧紧相随的情影,同心同德的并肩战斗总比一人苦苦挣扎要来得容易。他们作为彼此人生的参与者、彼此灵魂的交流者,开始了属于自己的爱情故事。

1926年初,许广平写下了一篇饱含深情的散文诗——《风子是我的爱》。文中,她以炽热而勇敢的文字袒露心声:"即使风子有它自己的伟大,有它自己的地位,藐小的我既然蒙它殷殷握手,不自量也罢!不合法也罢!这都于我们不相干,于你们无关系，总之，风子是我的爱……"这里的"风子"，无疑是暗指鲁迅。彼时，鲁迅已有原配朱安，这段感情从世俗眼光看，充满了争议与阻碍。但许广平毫不退缩，她冲破了世俗的枷锁，坚定地宣告着自己对鲁迅的爱恋，这份爱纯粹而热烈，如同一把火炬，在黑暗的时代背景下燃烧得格外耀眼。

1926年，鲁迅先生因为作《死地》《记念刘和珍君》等文章抨击段祺瑞政府残害学生的罪行，遭到追捕，一方面为了避难，一方面也因为受到好友的邀请，他于这一年9月前往厦门大学任教。许广平去了广州。

厦门和广州虽然距离不远，两人却也陷入了再度分离的境地，所以书信再一次成了他们联络感情、交流生活的寄托，而这一段时间的书信中，生硬纯粹的时事讨论逐渐变少，增多的是两人对彼此生活的交流。战胜了世俗禁锢的许广平，用一个平等的女子的身份，用自己的方式表达着对鲁迅的关心和爱慕，而先生的回应，也是越来越详细、越来越温柔。

刚到厦大，他便向许广平诉说自己的生活日常，从饮食讲到工作，絮絮叨叨的语气总觉得不甚像高高在上的鲁迅先生，倒像是刚刚开始恋爱有点不知所措、不知所云的小男生。不在一起的时候，恨不得把每一秒钟的行动都讲给她听，纵然没有直抒胸臆的情话告白，这样为她而有的改变也让人觉得分外踏实。

她分享着他生活的所有细节，他们兴致勃勃地讨论着阳桃这种水果的滋味，认真地探讨着驱除蚂蚁的种种办法，互相倾诉着生活工作、人际交往中的种种不如意……两人之间的信件就像是丝线一样将他们连在一起，越来越密不可分。

为心爱的人亲手缝制衣衫，暖意在身更在心，她还嗔怪鲁迅在电灯下思念自己该打，小女儿在爱情里娇憨霸道的举动尽在字里行间。想来这个阶段两人的感情自是和睦甜蜜，他们之间的爱情一直都是落在实处，鲜有缥缈上云端的情话，鲜有缠绵悱恻的浓稠，一直都是清纯地发乎情、止乎礼，一开始就做好了长久相伴的准备。这样的爱情，更叫人觉得踏实安心。

鲁迅收到背心的第一时间就穿上了，"包裹已经取来了，背心已穿在小衫外，很暖"，有时候，这样的行动的确比千言万语更有力量。

更加叫人惊讶的是鲁迅总是在夜间回信，为了让信早些到达恋人手中，他常常在凌晨就把写好的信送到邮筒里去，一刻都不想耽搁，这样真性情的流露，足以让许广平感动并且珍惜。这种独属于两人的切实的甜蜜，何尝不是浪漫到让人艳羡？

1927年1月，鲁迅从厦门大学离职后到了广州，担任中山大学教务主任兼文学系主任，许广平任他的助教。此后，鲁迅在中山大学身兼数职，教学、演讲、编辑文稿，忙得不可开交。许广平则如同他的影子，紧紧相随，担任助教，帮忙处理教务，还在鲁迅外出演讲时充当翻译。她的粤语流利顺畅，为鲁迅扫清了语言的障碍，让他的思想得以在这片土地上更广泛地传播。同年10月，许广平和鲁迅在上海开始共同生活。书信往来自然是不必了。

在这艰难时刻，许广平始终坚定地站在鲁迅身旁，给予他精神上的慰藉和支持。她陪着鲁迅在深夜里秉烛长谈，分析局势，为他的安全忧心忡忡。她深知鲁迅肩负的使命，也明白他们正身处旋涡中心，但她从未有过丝毫退缩，用柔弱的身躯为鲁迅筑起一道温暖的避风港。

1927年10月，为了躲避危险，鲁迅与许广平携手来到上海，开启了人生新的篇章。这座繁华的东方魔都，虽充满机遇，却也危机四伏。初到上海，他们暂住在景云里。这里文人墨客云集，浓厚的文化氛围让鲁迅备感亲切。许广平原本有着外出工作、实现自我价值的抱负，但看到鲁迅每日为创作、为革命事业殚精竭虑，身体每况愈下，她毅然决然地放下自己的梦想，全身心投入照顾鲁迅的生活起居之中。

相处两年，爱情随着时间的发酵愈发浓稠，更何况此时，他们有了爱情的结晶。

因为鲁迅的母亲病重，他不得不只身前往北平探望，许广平独自留在上海。于是，书信得以延续。也正是在这段时间里，"小白象"和"小刺猬"的故事进入了人们的视野。

一向冷静沉稳的鲁迅先生竟然也用起甜蜜的代号来了，他成为许广平一人的"小白象"，她是他宠溺一生的"小刺猬"。这信中所透露出来的温柔几乎像潮水一样足以把人淹没，毋庸置疑，他们遇到了自己命中注定的爱情，这样的柔情，只可能源自内心深处。

在那个动荡不安的时代里，他选择了一条最为艰难的路途，本以为一生都是一个人独行，却不料被"小刺猬"撞进了内心深处。于是她开始照料他的生活，打理得周到细致；她甘愿成为他身后最得力的助手，誊写整理他的文章，成为他最坚实的后盾。这样的深情，自然不会被辜负。

夜晚，万籁俱寂，鲁迅常常写作到深夜。许广平总会贴心地为他准备夜宵，一盏明灯、一碗热汤，驱散深夜的寒意。她就坐在一旁，或是缝补衣物，或是阅读书籍，静静地陪伴着鲁迅。偶尔，鲁迅停下笔，抬起头，两人目光交汇，相视一笑，那一瞬间，所有的疲惫都烟消云散。

鲁迅在送给许广平的《芥子园画谱》上所题的"十年携手共艰危，以沫相濡亦可哀"一句，正是他们爱情生活的完美写照。这份和家国天下紧密相关的爱情，朴实却也不乏温情，在那个特殊的环境中，应该是他们一生中最珍贵的精神财富。

在上海的十年间，他们的生活虽不宽裕，还时常面临国民党当局的监视与威胁，但彼此的陪伴让每一个平凡的日子都熠熠生辉。鲁迅在创作上迎来了又一个高峰，《三闲集》《二心集》《伪自由书》等经典著作相继问世。他将每一本书都视为与许广平共同的心血结晶，因为他深知，若没有许广平在背后的默默付出，这些文字或许难以如此顺畅地流淌于笔端。

1936年，鲁迅先生因病去世。

留给"小刺猬"许广平的只有懵懂无知的幼子和纷繁错杂的书稿，她在极度的悲痛中坚强地生活着，将余生所有的心血都花费在这两件事情上。与鲁迅十多年的相识相处成为她一生不可忘怀的记忆，她将恋人的遗愿和追求融进自己的生命里：《且介亭杂文末编》《集外集拾遗》《鲁迅全集》等著作的出版都是她辛苦奔波的结果，她甚至不忘照顾朱安；在此之后，她更是毅然决然投入了抗日活动，艰难险阻从不曾改变初心，直至将自己的余生活出了两个人的重量。

相濡以沫，不相忘于江湖。

这份爱情，不仅仅是花前月下的浪漫，更是志同道合的坚守。他们以笔为剑，共同剖析社会的黑暗，为唤醒民众的良知而不懈努力；他们冲破世俗的枷锁，向旧传统发出最有力的挑战，为追求自由平等的爱情树立了不朽的标杆。鲁迅逝世后，许广平肩负重任，倾尽全力守护他的文学遗产，让鲁迅的精神得以在中华大地代代相传。她的余生，都在讲述着鲁迅的故事，践行着他们共同的理想，将这份爱情升华成了对国家、对民族的深沉大爱。

瞿秋白与杨之华

秋之白华

1923年,正处在一个风云变幻、热血奔涌的时代,华夏大地在时代的洪流中被重塑,新思潮如汹涌潮水冲击着旧秩序的堤岸。上海,这座东方的摩登都市,作为中西文化交汇的前沿阵地,成了革命火种的汇聚点。

彼时留学的有志青年都已经归来,文学、思想都呈现出井喷式的繁荣,各种报纸期刊像是春日繁花一样精彩绽放,各种流派团体则像雨后春笋一般层出不穷,这样的时代氛围成就了诸多高等学府的繁荣。能进入高等学府的大多数人,都是孤独的寻梦者,他们与自己落后的家庭相斗争,与社会现实相斗争,踽踽独行于世。

1923年4月,在李大钊的推荐下,瞿秋白出任上海大学社会学系的教务长。他为社会学系设置了近四十门课程，课程设置可谓是学贯中西、博古通今，力求尽最大努力扩大学生的知识面，同时在教授的过程中格外注重基础知识训练，注重理论联系实际。他则主讲"社会学""社会哲学概论""现代民族问题"等课程，为马克思主义哲学在中国的理论建设做出了开拓性和奠基性的贡献。

瞿秋白所讲授的社会学具有独特的魅力，原本是高深艰涩的哲学内容，却因为瞿秋白能够旁征博引，将古今中外的故事融入其中，这门课程变得易懂易学；加之他在讲课时神态从容儒雅、节奏缓急有致，更是增色不少。不仅吸引了其他院系的学生，甚至外校的学生乃至一些教师也慕名而来听他授课，教室里座无虚席，门外走廊上也站满了求学的人。

如此有魅力的师者，叫人如何不心生仰慕呢？

不知是不是巧合，他前后两任妻子都是他的学生。

在上海大学，首先被瞿秋白所吸引的是丁玲的好友王剑虹，一个"智慧、犀锐、坚定"的优秀姑娘，她是同龄人中十分突出的领军人物，是上海中华女界联合会的创办人之一，是积极投身于妇女解放运动的五四青年。她与瞿秋白不仅是情投意合的青年情侣，更是志同道合的同志，相恋不久便携手步入了婚姻的殿堂。想来，瞿秋白和王剑虹的感情正如革命火焰一样炽热，他们在最好的年纪里遇到了对的人，彼此理解、互相欣赏，梦想和爱情的光亮交相辉映，定是十分耀眼的。

只可惜，这场爱情就像流星一样急速陨落了，数月之后，王剑虹因病去世。

爱人的离去给瞿秋白带来了巨大的痛苦，他在忧伤怅惘之中久久不能自拔，正是温柔的杨之华陪伴他渡过了这个难关。

当时的杨之华，早就嫁给了乡绅之子沈剑龙并且育有一女，可是聪慧的杨之华并不甘心在家做少奶奶，而是果断地选择了自己的人生。经过艰难的斗争，她终于进入上海大学求学，她在热血沸腾的氛围中逐渐找到了自己的价值，她渴望自由，渴望爱情，在追求梦想的路上与封闭自锁的丈夫越走越远。

讲台上的瞿秋白睿智风流、博学多才，他的心中装着民族大义，他的世界是杨之华从未见过的精彩开阔，一个小女子对师长的敬重之情早就在心底慢慢萌发，当然，也只是敬重而已。当她看到自己的老师在丧妻的悲痛中难以自拔，自然而然就生出了照料帮扶的念头。在瞿秋白最悲伤绝望的时候，杨之华就像一缕亮光照进了他的生命。

正是有了她默默的守护和陪伴，瞿秋白坚强地渡过了这个难关，他们在相处的过程中有了越来越多的交流，渐渐发现自己身边这个人居然和自己有着如此相似的魂灵，他们谈政治谈哲学，谈生活谈理想，随着言语的交换也交换着情感。越来越深的了解让他们意识到，这正是自己所追求的理想伴侣的模样。

然而当时的杨之华，尚未从自己失败的婚姻中走出来，虽然与丈夫之间无话可说，沈家却对她有知遇厚待之情，面对瞿秋白越来越热烈的眼神，她不知道自己应该如何面对，她半是羞涩半是忧惧，只能逃避。所幸真挚的爱情总能给人带来力量，她抑制不住自己内心的情感，这爱情就像燎原之火，秋白温暖的手掌成了她最坚定的依靠。

他们终于下定了决心，要为自己的爱情谋一个光明正大的前程，要为杨之华不幸的婚姻画上句号。

1924年秋，杨之华与瞿秋白同时回到浙江萧山，在这里与沈剑龙会面并且彻夜长谈。根据杨之英（杨之华妹妹）的回忆，当时的场面竟然是难得的和谐，想象中可能会有的激烈的冲突并没有发生：

> 大家觉得他们两人可以结合，但是杨之华还有个沈剑龙，她的前夫。那么到上海来大家也见过面，见过面以后，他们那一次，有一天他们约好的，沈剑龙回到家里，他们也回到乡下，回到乡下就是回到浙江萧山，我们家里，瞿秋白和杨之华一道来我们家里。我那时很小，我就在外面听，他们一个晚上没有睡觉，他们讲得很投入的，也讲得很好，一点也没有生气，不是为离婚了，结婚了，大家闹得不得了，他们像朋友一样很讲的（得）拢。

不管怎么说，杨之华尚在婚姻内就与瞿秋白相恋，毕竟为礼法所不容，也是这段爱情受人诟病的根源所在，当这二人携手来到沈剑龙面前请求离婚，场面总该是有些尴尬的，可是他们竟然"像朋友一样很讲的（得）拢"，多么不可思议的事情。

他们究竟聊了什么？沈剑龙究竟是被什么说动甘愿成全这两个人的？瞿秋白用怎样的言语令其折服？旁人是无法得知的，这也就成了他们感情中谜一样的转折点。沈剑龙的大度和潇洒终于让秋白和之华的感情变得合理合法，他们二人在回到上海之后，就马上开始了新的生活。

不管历经了多少困难，不管在世人眼中他们的结合有多么大胆放荡，他们总归是在最好的境遇下勇敢地站到了彼此身旁，成为在动乱年代紧紧相依相偎的大树与木棉，没有攀缘，没有空洞的咏唱，有的只是共同面对风霜雨雪的坚定和灵肉相通的爱情。他们认定了彼此，秋之白华，白华之秋，秋白之华，你中有我，我中有你，永不分离。

更令人惊讶的是，上海《民国日报》连续三天刊登了三则启事：

> 第一则，杨之华、沈剑龙启事：自1924年11月18日起，我们正式脱离恋爱的关系。
>
> 第二则，瞿秋白、杨之华启事：自1924年11月18日

起，我们正式结合恋爱的关系。

第三则，沈剑龙、瞿秋白启事：自1924年11月18日起，我们正式结合朋友的关系。

这三则启事一时令整个上海都为之惊叹不已，瞿秋白和杨之华的婚姻更是得到了大多数人的祝福。想来，瞿秋白之后能够对他们的女儿视如己出，杨之华能够与沈剑龙保持正常的联系，都与沈剑龙的大度直率分不开。

婚后，两人的爱情升温。

先是，杨之华与沈剑龙的女儿沈晓光改名为瞿独伊。多少的宠爱都凝聚在"独伊"二字上，多少的爱屋及乌都比不上这样一份真心的接纳。他因为爱她，所以视她的女儿为自己的珍宝，独此一份的珍宝。

瞿秋白真心地爱着这个突然降临到他生命里的小公主，因为独伊对他的亲近而生出无限欢喜，这一切的根源正是他对杨之华的爱。正是这份质朴并且真挚的爱情让人感动不已，理想中的爱情正是他俩相处的模样。

杨之华在瞿秋白的介绍下加入中国共产党。仅此一事，就足以证明两人在社会政治、人生价值上有着同样的目标和追求。这种志同道合颇类似于同袍，同仇敌忾的战斗经验让两人的生活融为一体。他们是同行者，是战友，是亲密的爱人。

根据女儿回忆，他们曾被合称为秋之白华、白华之秋、秋白之华，以表示两人你中有我、我中有你的亲密感情。瞿秋白更是专门刻了一个图章，上书的正是"秋之白华"，时时刻刻带在身边。他赠给杨之华的结婚纪念品是一枚别针，上有亲刻的"赠我生命的伴侣"七个大字。相伴一生，正是所有恋人之间最奢侈甜蜜的愿望，在杨之华面前，他不过就是痴情男儿。

1928年，瞿秋白和杨之华先后到达莫斯科，参加中共六大和共产国际第六次代表大会。后来把女儿瞿独伊也接了过来，一家人在这里生活了一年左右，这正是他们所拥有的最无忧无虑的美好时光。

当时他们住在共产国际宿舍楼上的一间房子里，虽不宽敞奢华却整洁温馨，前半间是夫妻俩办公的地方，后半间作为一家人的起居室。房间内装饰不多，却始终在桌子上放着一张之华与独伊的照片，上有瞿秋白亲手所题的"慈母爱女"四个字，呵护爱重之情溢于言表。在工作最繁重的时候，正是妻女给了他最温柔的助力。

并肩携手，无论是工作还是生活，就已经是最浪漫的事情了。

第二年初春，瞿秋白因日益加重的肺病不得不前往列宁疗养所治疗。与心上人分离的一个多月里，青鸟传信自然成了不可或缺的生活主题，虽然他们更多是在交流国内外的时事情况，却也不乏情深意重之语，处处都可以见证爱情的真挚。

杨之华生病，瞿秋白即便在病中也是时刻记挂于心："之华,你自己的病究竟怎样?我昨天因为兆征死的消息和念着你的病,一夜没有安眠,乱梦和恶(噩)梦颠倒神魂,今天很不好过。"以对方之喜悲为自己的喜悲,恋人从来都是如此,那病着的杨之华,何尝不是时时惦念着瞿秋白的安康呢?痴儿女,不过如此。

杨之华一直都把莫斯科这段时光引以为她生命里的珍宝,远离国内的纷争指责,在独具异乡风情的地方,他们总算是可以偷得半日闲暇,专注于私人生活:"夏天,我们在树林里采蘑菇,秋白画图和折纸给孩子玩;冬天,地上铺满了厚厚的雪毡,秋白把孩子放在雪车里,他自己拉着雪车跑……笑声震荡在天空中,似乎四周的一切也都为我们的欢乐而喜气洋溢。"

为革命和理想,他们做出了太多的牺牲,因而这再寻常不过的家庭生活,竟成了他们生命里难得的财富。爱情让两个思想超前的人重新变成天真可爱的孩童。夏日树影,冬日白雪,都让他们兴奋不已。肩头的重担暂时可以卸下了,就暂时忘却那看不完的章程,忘却那漫长的斗争吧。只有爱,是这段生活的唯一主题。所以离去的时候才会不禁生出惆怅,生出留恋来。

瞿秋白在一封长信中写道:"海风是如此的飘漾,晴明的天日照着我俩的离怀。相思的滋味又上心头,六年以来,这是第几次呢?空阔的天穹和碧落的海光,令人深深地了解那'天涯'的意义。海鸥绕着桅樯,像是依恋不舍,其实双双栖宿的海鸥,有着自由的两翅,还羡慕人间的鞍掌。我俩只是少健康,否则如今正是好时光,像海鸥样的自由,像海天般的空旷,正好准备着我俩的力量,携手上沙场。之华,我梦里也不能离你的印象。"

双宿双飞的海鸥在两人的记忆中盘旋良久,每一次短暂的相处之后总是会有更长的离别,忧思久久缠绕这对恋人,他们恨不得胁下生双翼,自由自在地长伴彼此左右。可是最终也只能在单薄的纸笔里寄托相思,相互鼓励,相约入梦。因为他们终究是有伟大梦想的战斗者,因为只有自己的牺牲才能让更多的有情人过上无忧无虑的和平生活,他们知道自己的理想何其伟大,他们有勇气去面对,毕竟彼此就在身旁。

只是谁也没想到,国内的形势瞬息万变,离开莫斯科之后更有无穷的灾难在等着他们。

1930年回国之后,形势越来越严峻,瞿秋白因为受到王明等人的陷害,在1931年被撤销一切党内职务,杨之华也受到牵连。他们在工作中遭受到前所未有的困境,被架空的他就像是陷在沼泽地里,无法自行脱身,挣扎反而会带来更大的灾难,精神上的折磨可想而知。

此时的上海更是陷在白色笼罩的迷雾里,早就不可与碧海蓝天的莫斯科相提并论。一场场追捕、逃亡就像是雪崩一样避之不及,越来越多的朋友、战友在自己身边牺牲,他们所能做的就只有在颠沛流离之中紧紧依靠,彼此即是自己心安的最后一个慰藉。

谁承想就连这最后的依靠都会被硬生生夺去。

1934年，瞿秋白奉命离开上海，他曾向中央提出要求，让一直照料他生活的杨之华同行，却始终没有得到答复。

不得已，只有再离别。

瞿秋白离开上海，是在一个深冬的寒夜，彼时他被肺病折磨得格外虚弱，迎风难行，杨之华像他的拐杖一样搀扶着他。在长长的弄堂口，他停下来告别自己的妻子，离别就在此刻。他们久久地凝视，再多的相思、再多的珍重都说不出口，只有紧紧地盯住彼此的脸庞，似乎要把对方刻画到内心深处一样。本已经历过多次离别，谁也不知为何这次告别如此难以忍受，许是病痛让人脆弱，许是动荡的局势让人不安。

总之，谁也不会想到，这一别，就是永别。

一年后，瞿秋白被捕就义。

据说，在他生命的最后也不曾屈服，仍在伏案挥毫，留下最后的遗言。他在《多余的话》里告别自己的同志、告别自己奋斗了终生的事业，他说："我去休息了，永久去休息了，你们更应当祝贺我。……我这滑稽剧是要闭幕了。"

他告别自己的爱人，告别秋白之华："我最亲爱的人，我曾经依傍着她度过了这十年的生命。是的，我不能没有依傍。……我只觉得十分的难受，因为我许多次对不起我这个亲人，尤其是我的精神上的懦怯，使我对于她也终究没有彻底的坦白，但愿她从此厌恶我，忘记我，使我心安罢。"

1935年6月18日，福建长汀罗汉岭，三十六岁的瞿秋白为了真理而奋斗，高唱自己翻译的《国际歌》，英勇就义。

在他离世以后，杨之华在他未完成的事业上，倾尽了一生。

这比任何的爱情誓言都要坚定感人，她所前进的每一步都肩负着爱人的期待，那些同行的日子中所有的规划、憧憬都成了支撑杨之华生活下去的力量。她越来越坚定、越来越强大，她替华之秋白看着战友的热血，看着黎明的曙光，看着越来越美好的明日。就好像，他从来都不曾离开过。

李唯建与庐隐

我愿为你受尽一切的苦恼

五四运动的开启,仿佛为中国打开了一扇新文化思潮的闸门,受影响最深的,是被封建礼教禁锢了数千年的女性。时人对封建礼教的批判、欧美女权运动的兴起,这一切都让当时的中国女性意识到,女子再也不是男人的附属品,她们理应拥有和男人平等的权利。

于是,一大批优秀的女作家伴随着五四运动的浪潮纷纷崛起,与冰心、林徽因并称为"福州三大才女"的庐隐便是其中之一。

当封建闺秀接受了新知识和新思想的启蒙,便再也不甘心于遭受封建礼教的束缚。她们渴望获得自由的人生,于是,在庐隐的作品里,我们能读到她对女性不平等遭遇的深深忧患,以及追求人生意义的热情。

庐隐的文学作品,似乎总带有一丝悲哀的色调,那是因为曾经的她,看不到人生的前途。

1898年,庐隐出生于福建省闽侯县,本名黄淑仪,又名黄英。她出生的那一天,刚好是5月4日。不过,那一年的5月4日,新思潮尚未爆发,若说这一天对于庐隐的人生有什么特别的意义,那便是她的外祖母刚好在这一天去世。于是,刚刚降生于人世的庐隐,便被亲生母亲坚定地认为是一个"不祥"的孩子。

"灾星"庐隐就这样被母亲无情地送到了乡下,交给奶妈喂养。在很长一段时间里,庐隐都误以为奶妈就是自己的亲娘,奶妈的女儿是自己的亲姐姐。

直到父亲当上了湖南长沙知县,庐隐才回到了父母身边。然而没过多久,父亲便去世了,六岁的庐隐只好跟随母亲来到北京的外祖父家生活。

自从父亲去世,母亲对庐隐的厌恶又增添了几分。她不允许庐隐上学接受教育,于是家中的姨母承担起了对庐隐进行启蒙教育的重任。

直到九岁,庐隐终于被家人送进一所美国人创办的教会学校。在学校里,年幼的庐隐只能自己照顾自己的饮食起居,九岁的孩童哪里懂得如何照顾自己?因为不注意保暖,她脚上生了冻疮,差一点导致残疾。冻疮尚未痊愈,她又患上了肺病,因为治疗不及时，以致肺管破裂，吐血不止。

好在，庐隐在死亡线上挣扎了一圈，总算又被拉回了人间。生命来之不易，她丝毫不敢虚度，小小的年纪，她便为了追求更有意义的人生而拼命用功，终于考上了高小，后来又考取了师范预科，终于为自己争得了接受教育的权利。

进入福州女子师范学校的那一年，庐隐只有十三岁。在学校里，她爱上了读小说，越是多愁善感的小说，越是被她这个"小说迷"钟爱。似乎就是从那时开始，庐隐萌生了创作小说的念头。

她本以为，从女子师范学校毕业之后，可以进入更高的学府深造。然而，当时的中国并未开设女子大学，现有的大学又不招收女生。庐隐毕业的那一天，便意味着她从此"失学"了。

毕业之后，庐隐曾从事过一段时间的教员工作。不过，教员的工作令她感到厌倦，她更希望接受高等教育。终于，在1919年，随着五四运动的风潮在北京激荡，庐隐终于得到了期盼已久的求学机会。

当时，北京女子师范学校刚刚升格为国立女子高等师范学校，正在公开招收中国公办教育史上第一届女大学生。可惜，庐隐错过了正式招考的期限，好在老师认为她是一个读书的好苗子，准许她以旁听生的身份入学。短短一个学期之后，表现优异的庐隐终于成为一名正式的女大学生。

在学校里，庐隐成为五四精神的忠实拥护者，也成为校内外活动的积极分子。当时，在北京读书的学生，纷纷成立同乡会，庐隐特地赶去参加了福建同乡会的成立大会。在成立仪式上，郑振铎发表了一番慷慨陈词，庐隐的爱国热情立刻被点燃了。

郑振铎提议创办一份刊物，庐隐立刻积极响应，很快，《闽潮》编辑小组就成立了，庐隐凭借出色的文笔，成为编辑小组的骨干力量。从那时起，庐隐便开始大量阅读介绍社会主义学说的书籍，她的精气神也在不知不觉间发生了脱胎换骨的变化。

从前的庐隐，身材瘦小，面黄肌瘦，总有一丝抑郁的神情挂在脸上。自从得到别人的肯定，庐隐仿佛变成了一个快乐的孩子，说话时谈笑风生，就连走路时都蹦蹦跳跳的。

对社会主义学说了解得越多，庐隐便越发明白，作为一个社会的人，就要承担起巨大的社会责任。于是，她加入了"社会改良派"，这是一个秘密团体，每个星期只组织一次活动，大多是探讨与社会主义有关的内容。

每个星期五，学校都会举办一场演讲会。一次，一个女孩子进行了一番关于"恋爱自由"的演讲，在场的所有学生都惊叹不已。那是庐隐第一次听到一个女孩子在众人面前大胆讨论"爱情"这个字眼，她既惊讶，又敬佩，从那时开始，"恋爱自由"便成了庐隐的爱情信条。

在上大学之前，庐隐曾有过一段短暂的恋情。对方名叫林鸿俊，是庐隐的一位远房表亲。当时，庐隐正沉迷于言情小说，林鸿俊与她有相同的爱好，庐隐便将他视为知音，两人确立了恋爱关系。

不过，母亲坚决反对庐隐与林鸿俊恋爱，理由是：林鸿俊父母双亡，家境贫寒，没有体面的工作，不能让庐隐过上体面的生活。

庐隐当时虽尚未接触过"自由恋爱"的理念，却对封建包办婚姻十分痛恨。她不顾母亲的反对，执意要嫁给林鸿俊，还向母亲发表了一番轰轰烈烈的宣言壮语。她说，我情愿嫁给他，将来命运如何，我都愿意承受。

然而，在经受了五四思想的洗礼之后，庐隐忽然意识到自己这番"爱情宣言"是多么可笑。她逐渐发现，林鸿俊只是一个思想平庸的人，他们对人生和事业的理想截然不同，于是，庐隐主动提出解除婚约。

庐隐在大学期间参与编辑的《闽潮》期刊，因为经费问题，只出了几期便停刊了。不过，这份杂志虽生命短暂，却为庐隐带来了一段难以言说的姻缘。

他叫郭梦良，就读于北京大学，是庐隐的福建老乡，常常在北京的报纸和刊物上发表文章。庐隐欣赏他的才华，在共同编辑杂志的过程中，他们渐渐产生了感情。

然而彼时的郭梦良已经结婚，他的原配妻子林氏也在福建老家。接受新式教育的庐隐认为，只要他们之间拥有真正的爱情,即便是郭梦良已有妻子也不要紧。她义无反顾地投入到了这段不被世人看好的爱情之中,不顾家人和朋友的反对,与郭梦良在上海举办了婚礼。

婚后,庐隐随郭梦良回福建老家探亲,林氏也生活在那里。那是庐隐第一次感受到自己的身份竟是如此尴尬,曾经存在于理想中的那份至高无上的爱情,正在悄然败给现实。

在封建家庭的意识里,庐隐的身份,只是郭梦良的小妾,在原配妻子面前,她不过是一个卑微的存在。

1925年,郭梦良不幸病逝,此时他与庐隐的女儿只有十个月大。同样是在这一年,庐隐的小说《海滨故人》正式出版,在中国文坛,她终于占据了一席之地。然而这些荣耀依然没能弥补庐隐的丧夫之痛。而且,因为庐隐嫁给了一个有妇之夫,在家乡的亲友面前,她已经成了一个笑话,母亲无法忍受亲友的嘲笑,因此郁郁而终。

悲伤的情绪险些将庐隐打垮,她带着女儿投靠婆家,打算在婆家度过余生,终身不再嫁人。可是,婆家并不欢迎庐隐的到来,婆婆和林氏对庐隐百般嘲讽、嫌弃,没过多久,庐隐便意识到,这个封建保守的家庭并没有她的容身之地,她不得不带着女儿离开。

作为一个从封建家庭桎梏中挣扎出来的女子,庐隐似乎并不像自己想象的那样刚强。她的个性中有敏感和脆弱的一面,在残酷的现实面前,她对爱情的美好憧憬不堪一击。她只得将自己的苦闷诉诸文章，《寄天涯一孤鸿》《秋风秋雨愁煞人》《灵海潮汐》等优秀的短篇和散文，便是在那段时间诞生的。

1927年，庐隐带着女儿来到北京。她在北京做过许多工作，担任过文字编辑，也当过中学校长，还和几位朋友一同创办了华严书店和《华严半月刊》。她的散文、小说集《曼丽》、日记体中篇小说《归雁》也是在此时出版的。

郭梦良的猝然离世，在庐隐心底留下了久久不能愈合的伤痕。每当夜阑人静，悲伤便无法抑制地袭来，无论她如何舔舐，那痛楚的感觉依然剜心蚀骨。

李唯建便是在此时闯入庐隐生命中的。1928年3月8日，在时任北大教授的瞿世英家中，庐隐与李唯建邂逅了。他是四川成都人，比庐隐小九岁，此时正在清华大学西洋文学系就读。酷爱诗歌的他，甚至与印度著名诗人泰戈尔通过信，他还用英文创作了近百首散文诗，庐隐十分欣赏这个年轻的诗人，第一次见面之后，他们便陆陆续续有了来往。

起初，李唯建亲切地称呼庐隐为"姐姐"，他将庐隐当成自己心灵上的姐姐，与她探讨文学、探讨人生。当李唯建意识到自己对庐隐的感情已经从友情转变为爱情的时候，便索性一把拉开了情感的闸门。他大胆地向庐隐表白，得到的回复却是拒绝。

年过三十岁的庐隐，对待爱情的态度已不似当初那般懵懂了。尤其是在经历了上一段婚姻之后，她对感情的态度越发谨慎。她与李唯建之间九岁的年龄差，足以令她却步，若外界因此非议，那不如就让这段感情不要开始。

李唯建看出了庐隐的顾虑，便温柔地劝说庐隐不要在意世人的议论，何必看重那些浅薄的偏见？

庐隐对李唯建并非没有好感，有生以来，李唯建是第一个理解并尊重她人格的人，也是这个世界上唯一一个对她有过同情的人。经过反复的思想斗争，庐隐决定，哪怕世人的非议化作刀剑，将她伤得体无完肤，她也要与李唯建结合。

1930年，庐隐接受了李唯建的求婚，两人一同东渡日本，在那里筑建了爱的小窝。几个月后，他们又一同返回祖国，在西子湖畔住了半年。

每到一处，庐隐都会创作一些与当地相关的文学作品，尤其是在杭州居住的那段时间，庐隐将生活中的点滴凝聚成一些中篇小说，并整理成一部中篇小说集，取名《玫瑰的刺》。

可想而知，那时的庐隐，定是生活在浪漫环绕的氛围里。一个能将生活比喻成玫瑰的女子，该是多么幸福和愉快！

与李唯建结婚后，庐隐一边教书，一边创作，日子过得充实而又平静。很快，他们拥有了爱的结晶，家中的欢声笑语便又增添了几分温馨。

若岁月总是如此静好，或许庐隐还能为这个世界留下更多优秀的文学作品。可惜，自古红颜多薄命，1934年，庐隐即将诞下她和李唯建的第二个孩子。为了节省一些开支，他们只请了一位助产护士在家里接生。不料，庐隐在生产时难产，李唯建连忙将她送到医院，可惜已经太迟了。

开刀之后，庐隐流血不止，高烧不退，1934年5月13日，她在上海大华医院永远地闭上了眼睛，年仅三十六岁。

庐隐留下的宝贵的著作，便是她人生中最宝贵的财产。葬礼上，李唯建将庐隐的全部作品放进她的棺材里，这些都是她凝聚了毕生心血创作的文字，有了它们的陪伴，庐隐的灵魂便不会那么孤寂了。

在庐隐去世一周年的时候，李唯建创作了一篇《悼庐隐》，字字血泪，句句深情。多年以后，李唯建又创作了一首自传体长诗《吟怀篇》，那句"海滨灵海无潮汐，故人一去绝音息"便是他在感叹他与庐隐的死别。

朱自清与陈竹隐

谢谢你给我的力量

朱自清为人所知，首先是因为他的气节，其次是因为他的散文。

他原名自华，在1917年报考北京大学时自己改名为朱自清，典出自《楚辞·卜居》中的"宁廉洁正直以自清乎"一句。意在劝勉自己无论环境如何变化，唯愿能够始终坚持廉洁正直的品性，独善其身，保持自己的清白。

朱自清的文字和他的为人一样，都是清明了然、臻于至境的精品。他善于把事物最干净的本质呈现在文章里，所寄托的情感同样是澄澈纯粹的忧伤或者欢喜，干干净净就像是冬日下玲珑剔透的白雪，若融化，则是清流一缕，绝对不会有任何杂质混杂其中。

这样一个人的爱情，自然会同样干净澄澈如月光下的清水一掬、荷香一缕。

他对待生命中的两段爱情，都是全身心地投入，爱便爱得深厚。即便对方是完全不一样的女子，两份感情有着截然不同的颜色，他所倾注的真心却是一模一样。

1917年，也就是朱自清进入北大读书的第二年。在家人眼中，他已经是鲤鱼跃龙门，在学业上取得了最好的成绩，是时候娶妻成家了。就这样，早就在父母之命、媒妁之言里定下婚约的朱自清，将那个从未谋面的扬州姑娘武钟谦娶进了家门。

彼时他的文学创作还是小荷才露尖尖角，他的性格也与其含苞待放的才情一样，尚在沉默中慢慢酝酿。武钟谦同样是一个温柔娴静、内敛沉郁的女子。同样的性情为他们的感情奠定了良好的基础，在外人面前总是沉静少言的两个人，却能在安静的相处中获得心安。他偶尔的急躁和小情绪都被她温和化解，他们的感情平淡得就像一汪清水，虽然没有壮阔的波澜，却也成了两人的欢喜之源。

她全身心都守在这个小家庭里，为他照料老母亲，养育子女。从小娇生惯养的她为他洗衣做饭，什么都亲自动手，解决了他的一切后顾之忧，以至于他能够潜心去完成学业、投入创作。数十年如一日的温柔体贴成了朱自清最坚实的后盾，他爱这个为自己付出了所有的女子，无论外界环境如何，家都是他最安心的去处。

本以为能够就这样平淡地度过一生，可是武钟谦却在1929年因为严重的肺病不幸去世，年仅三十一岁。留给朱自清的是他们的六个子女，大的十岁左右，最小的尚在襁褓中。

当时朱自清在清华园执教，听闻噩耗竟倒地不起，被人匆忙送往医院。一月之前他们才刚刚别过，此时竟阴阳永隔，他甚至连妻子的最后一面都没有见到。伤痛如潮水，只能化作最深的悼念。

一朝死别，共白头的承诺就成了空言，曾经那么多美好的梦想都随着伊人远逝，再也没有重逢的可能。所有的悲伤和思念都只留给生者，所有的回忆都会成为未来生活的羁绊。

武钟谦去世以后，朱自清的生活变得一塌糊涂，先不说他自己如何不适应没有人照料的日子，单单是这一群嗷嗷待哺的小儿女就成了他最大的问题，吃饭、穿衣、教育一座座大山向他压过来，丝毫不留喘息的空间。一个清贫的教书先生，凭着单薄的工资供养一家，他既是父亲又是母亲，每天都在手忙脚乱的境地里挣扎，又怎么可能有精力、有闲暇去创作？

清华园的好友都不忍看见一个天才就此陨落，他们深深懂得朱自清的才华才是无价的珍宝，作为知音、作为朋友，他们迫切地盼望有一个人能够帮助朱自清渡过难关，能够帮助他从生活的泥沼中走出来，重新投身文学创作。

于是，他们积极张罗着为朱自清介绍一个合适的女子。沉浸在丧妻之痛中的他并不想开始一段新的感情，他曾在诗中说自己"此生应寂寞,随分弄丹铅",正是委婉地谢绝来自好友们的热心操劳。

可是,一有合适的人出现,朋友们还是会想方设法引荐给朱自清,希望他能够尽早地从灰暗的生活中走出来。就这样,朱自清与陈竹隐相遇了。

那是1930年秋的某一天,著名的戏剧艺术家溥西园带着自己最得意的女学生陈竹隐来到了西单大陆春饭店,随后,朱自清在好友叶公超和浦江清的半是哄骗半是强迫下走了进来,看着满屋子的人,他顿时明白了朋友的用意,略带羞涩略带尴尬地坐在了桌边。

爱情总是不讲道理的,这个穿着凉鞋的土气先生,却一步步走进了陈竹隐的心里。

陈竹隐于1904年出生在四川成都一个世代书香的家庭,没落的家族日子虽然过得清贫,却丝毫没有在孩子的教育上马虎。陈竹隐从小就被送到私塾接受启蒙教育,后来大了,哥哥们也会带着《小说月报》这样的进步期刊给她看,她自小就是有独立思想的新女性。随着父母的相继离世,悲痛之余,年少的陈竹隐独自走向了广阔的人生。

十六岁,陈竹隐考入四川省第一女子师范学校,毕业后,考入青岛电话局做接线生。工作只是她筹措学费的权宜之计,一年以后她又考进北平艺术学院,师从齐白石、萧子泉、寿石工等著名国画大家,专攻工笔画,同时还兼学昆曲。1929年毕业以后，到北平第二救济院工作，后辞职做家庭教师，继续在红豆馆主溥西园门下学习昆曲。

这样仪态万方的女子本身就是一道亮丽的风景线，她坐在席上，朱自清只觉得自己的眼光不受控制地想要望过去、望过去。那个清秀的女子，一举手一投足自有诗画一样优雅的韵味在其中，就像是一朵消然绽放的清莲，一弯笼着轻纱的秋月。

陈竹隐很早就读过朱自清的文章，她所看重的是那土气装扮背后的灵魂，她敬佩能够发掘美、呈现美的朱自清，她也很同情他现在的境况，所以当朱自清来信相邀，陈竹隐很干脆地赴约了，就像她说的："以后他给我来信，我也回信，于是我们便开始交往了。"一切都是那样自然而然。

自那次酒楼见面后，朱自清与陈竹隐的心渐渐靠近了。他们频繁地相约出游，一同漫步在北平的大街小巷，感受这座古老城市的韵味；一起前往西山，欣赏漫山遍野的红叶，呼吸着清新的空气，聆听着鸟儿的欢唱。在这些美好的时光里，他们的话题愈发广泛，从文学艺术到人生理想，从生活琐事到未来憧憬，彼此分享着内心深处的想法和感受。

他们对文学艺术的热爱，如同一条无形的纽带，将他们紧紧相连。朱自清对文学的独特见解，让陈竹隐着迷。他讲述着自己创作时的灵感来源和创作过程中的种种感悟，那些充满诗意和情感的话语，仿佛为陈竹隐打开了一扇通往文学殿堂的大门。而陈竹隐在绘画和昆曲方面的才华与见解，也让朱自清刮目相看。她向朱自清展示自己的绘画作品，细致地讲解每一幅画的创作思路和表现手法，那灵动的线条、丰富的色彩，以及蕴含其中的情感，让朱自清仿佛走进了一个充满奇幻色彩的艺术世界。

这一切都建立在自由平等的基础之上，没有家庭的干涉、没有强加的约束，一个有才情的学者，一个活泼博识的女子，互相为彼此丰富精彩的灵魂所吸引，自发地向对方靠近。光影交错的剧院里他们可以就一句台词讨论良久，精致的餐馆里一饭一汤都见证着爱情的萌发，无论是古典文学还是西方文学，无论是戏曲表演还是诗词书画，他们都可以轻易地找到共同话题，心与心的交流是前所未有的畅快。

秋日黄昏里，他们曾相约在层林尽染的西山观赏红叶，看着满山红透的枫叶，陈竹隐心随眼动，随口吟出了杜牧的诗："停车坐爱枫林晚，霜叶红于二月花。"朱自清心头一动，即兴改编唐诗："枫叶罗裙一色裁，芙蓉向脸两边开。乱入林中看不见，闻诗始觉有人来。"陈竹隐听出诗中的情意之后，刹那间羞红了脸。

第二天，朱自清收到了一封特别的来信——用锦缎包扎好的一束红叶。他因这份礼物感动不已，伊人羞红的脸庞在他脑海中浮现，如此秀丽可人，怎能叫人不心跳加速呢？

这个活泼大方的女子给朱自清带来了前所未有的感受，她几乎就像是一团炽热的火焰，把朱自清已经冷却的爱的欲念重新点燃了。他把所有的情感都寄托在书简中，一封封热烈的情书飞向陈竹隐。

可以说，因为陈竹隐，他整个人都重新活过来了。可是这爱情在带来力量的同时，也带来了甜蜜的隐忧。

对于年近二十七岁的陈竹隐来说，这是她第一份爱情，是她自己选择的恋人，可是一旦想要进一步发展这份感情，她将要面对的是朱自清庞大的家庭——抚养朱自清的六个孩子。这多少有些难以接受，她自己都还是个求学的孩子。随着两人情感的升温，这样的担忧也就越来越沉重，她不知道究竟应该如何选择，不觉对朱自清有些疏离了。

陈竹隐的内心陷入了深深的挣扎。她深知自己对朱自清有着深厚的感情，不舍得放弃这段感情。但一想到未来要面对的生活，她又感到无比的迷茫和恐惧。她害怕自己无法胜任继母的角色，无法给予孩子们足够的关爱和照顾；她担心自己与孩子们之间会产生隔阂，无法融入这个大家庭；她也忧虑自己的事业会因为家庭的琐事而受到影响，无法继续追求自己热爱的绘画和昆曲艺术。

在那段时间里，陈竹隐常常陷入沉思，她反复思考着自己的未来和这段感情的走向。她试图寻找一个平衡点，既能不辜负自己对朱自清的感情，又能妥善处理好家庭的问题。然而，这个平衡点却似乎遥不可及，她的内心充满了矛盾和痛苦。有时，她会选择逃避，减少与朱自清的见面次数，试图让自己冷静下来，重新审视这段感情。但每当她看到朱自清那充满期待和爱意的眼神时，她的心又会不由自主地软下来，陷入更深的纠结之中。

从此，一封封饱含深情的情书，如同雪花般飘向陈竹隐。在这些情书中，朱自清毫不掩饰地倾诉着自己对陈竹隐的思念与爱慕。

一封、两封、三封……朱自清的情书一封接一封地寄到陈竹隐手中，整整七十一封情书，如同一场温柔的"轰炸"，逐渐敲开了陈竹隐的心门。这些情书不仅展现了朱自清深厚的文学功底，更让陈竹隐感受到了他深深的爱意和坚定的决心。在这些情书中，陈竹隐看到了一个男人对她的深情与执着，看到了他对未来生活的美好憧憬。她被朱自清的真诚打动，心中的顾虑也渐渐消散了。最终，她决定勇敢地迈出这一步，接受朱自清的爱，接受他的家庭，与他携手共度未来的人生。

1932年8月4日，在上海杏花楼酒店，一场热闹而喜庆的婚礼正在举行。这场婚礼宛如一场盛大的庆典，吸引了众多文人墨客的目光。茅盾、叶圣陶、丰子恺、夏丏尊、胡秋原以及柳亚子、柳无忌父子等当时文坛上赫赫有名的人物纷纷到场，为这对新人送上最真挚的祝福。

她终于战胜了自己的怀疑和犹豫，全然地接受了他的爱、他的家庭、他的过去。从今往后，她将成为他的妻，他孩子的母亲。众人的祝福声中，朱自清一反往日的谦和儒雅，酒兴高涨，一杯接一杯地喝着，仿佛要用这美酒来庆祝自己的幸福时刻。而陈竹隐则面带微笑，紧紧地跟在朱自清身边，一边和嘉宾们寒暄，一边不时地望向身边的丈夫，眼神中充满了爱意和关切之情。

　　嫁给这样一位才情斐然、声名在外的大学者，面对一大群需要照料的孩子，陈竹隐早就做好了牺牲的准备。为了让朱自清全心创作，她放弃了自己的个性、自己的艺术追求，这双执笔的手开始做羹汤了，这个唱昆曲的女子开始用同样的嗓音唱摇篮曲了，她退居在丈夫身后，把自己的生活变成了简单单调的重复。

　　她没有办法再去继续自己婚前的理想，一大家人仅仅靠朱自清单薄的工资供养，她只能把全部的心思都花在精打细算、柴米油盐上。孩子们年龄各异，性格也各不相同，有的孩子对这位新妈妈心存疑虑，不太愿意亲近她。陈竹隐深知孩子们的心思，她付出了更多的耐心和爱心，努力去了解每个孩子的喜好和需求。她会亲自为孩子们缝制衣服，给他们讲故事，陪他们一起玩耍，用自己的行动去温暖孩子们的心。

　　可是这样的生活渐渐让她产生了怀疑。她没有自己的世界了，夫妻之间的交流似乎也变少，孩子们的嘈杂成了她生活的主旋律，她忙着安排衣食住行，忙着招待客人、算计收支，忘了有多久没有收到过朱自清的情书了。

　　她毕竟是一个刚刚步入婚姻的小女子，曾以为爱情会永远都是甜蜜的，如今却只能在一地鸡毛的琐碎里一日比一日老去。她有些害怕，有些不甘，自然也就有了小情绪、小别扭。

朱自清却是被武钟谦惯坏了的，他从来不认为妻子为自己打理家务有什么不妥，他不理解陈竹隐的不甘和抱怨来自何处。他甚至开始怀念起逝去的前妻了，他怀念那个超人一样把一切打理得井井有条的女子，这样两人的矛盾和裂隙只能越来越大。

最后，他终于想起来眼前这个女子是陈竹隐，是一朵骄傲的红玫瑰。他想起她满腹的诗书才情，想起她搁置的画笔和昆曲，想起她生动活泼的眼光来，他终于了解到自己的妻子做出了多大的牺牲，自己竟然把这一切视为理所当然。他做出了改变，抽更多的时间陪着陈竹隐聊聊文学、听听戏，偶尔也到西山故地重游一番，于是她眼中的光渐渐回来了。

只要他真心在意自己，牺牲一点又何妨呢？在磨合的过程中，他们也会有争吵和矛盾，但每一次的争吵过后，他们都会更加了解彼此，感情也变得更加深厚。

抗日战争爆发后，朱自清随清华大学南下长沙，1938年3月到昆明，任西南联合大学中国文学系主任，并当选为中华全国文艺界抗敌协会理事。陈竹隐深知朱自清的责任和使命，她没有丝毫的犹豫和抱怨，全力支持丈夫的决定。她坚强地对朱自清说："你放心去吧，家里有我，我会照顾好孩子们的。你要在那边好好工作，为国家培养更多的人才。"就这样，朱自清带着对家人的牵挂和不舍，踏上了前往西南联大的路。

为了减轻朱自清的生活负担，陈竹隐独自带领八个孩子回到成都，两个人越来越壮大的大家庭全都由她一力承担。在动荡的年代，唯有遥遥相望的彼此才是对方的依靠，他们的感情也在褪去最初的火热之后，渐渐沉淀成了深厚的亲情。

在那个动荡不安的年代，生活条件异常艰苦。物资匮乏，物价飞涨，为了让孩子们吃饱穿暖，陈竹隐想尽办法。她四处寻找工作，哪怕是一些辛苦的体力活，她也从不推辞。她省吃俭用，自己舍不得吃一口好的，舍不得穿一件新衣服，只为了能给孩子们多留一点生活费用。她始终把他的孩子视如己出，母子关系一直都很不错。和睦的家庭环境正是朱自清能够全身心投入工作、投入文学的后盾，他始终都知道，家里有妻儿在等自己，有她在，他大可在理想的路上一往无前。

朱自清在西南联大同样面临着巨大的困难和挑战。教学环境简陋、物资短缺，但他始终坚守在自己的岗位上，认真授课，培养了一批又一批优秀的学生。他还积极参与各种抗日救亡活动，以自己的笔为武器，写下了许多鼓舞人心的文章，呼吁人们团结起来，共同抵抗外敌入侵。

在分离的日子里，朱自清和陈竹隐只能通过书信来传递彼此的思念和牵挂。每一封书信，都饱含着他们深深的爱意和对家人的思念之情。朱自清在信中关心着陈竹隐和孩子们的生活情况，询问孩子们的学习进展，叮嘱陈竹隐要注意身体，不要太劳累。陈竹隐则在信中向朱自清讲述家中的琐事,分享孩子们的成长点滴,让朱自清感受到家庭的温暖。

1948年8月12日,朱自清因患严重的胃病不幸逝世,享年五十岁。

他去世之后,她收拾起悲伤。儿女们需要仰仗自己,她根本就没有时间去软弱。

此后的四十多年里,她一边把孩子培养成人,一边参与《朱自清全集》的编撰。为此,她把朱自清生前的手稿、文章、实物全部整理捐献出来,只给每个孩子留下一封朱自清的信作为纪念。她知道,他的每一个字每一句话都已经深深刻写在了自己的生命里,她活着,本身就是最好的纪念。

1990年6月,陈竹隐去世。这段清如湖水、皎若月华的爱情也随之离世。朱自清与陈竹隐的爱情故事,宛如一首悠扬的乐章,在岁月的长河中奏响了动人的旋律。他们从相识时的心动,到相知过程中的相互欣赏,再到相爱后的不离不弃,携手走过了人生的风风雨雨。在这个过程中,他们不仅共同面对了生活的重重困难,还在彼此的支持下,实现了精神上的共同成长。

回顾他们的爱情,只觉清澈如水晶,原来爱到深处,并不是浓郁的蜜糖,不是发酵的美酒,而是最简单纯粹的一掬清水。永远都不会变质,永远都不会失去初心。

第五章

情有独钟

即使短暂也要灿烂

陶行知与吴树琴

两相情愿，终身合作

有人说，如果把婚姻当作一种契约，未免缺少了些浪漫。但若用一生的时间，去守护一纸婚书，兑现当初许下的白头之约，又何尝不是一场极致的浪漫？就像吴树琴与陶行知，虽相差二十余岁，仅相伴八年，却患难与共，成就了一段婚姻的圆满。

1915年，吴树琴出生于安徽休宁。她小时候读过一些书，但对于当时的传统家庭而言，女子上过一点学，认得几个字，已经足够了。若书读得太多，反而不容易嫁出去。于是，在吴树琴十九岁那一年，家人便为她安排了一桩婚事。

那是吴树琴第一次与父亲正面对抗，她执意要继续读书学习，坚决不肯嫁人。面对执拗的女儿，父亲第一次发了很大的脾气，大声训斥着："读书有什么用？能当嫁妆吗？"

父亲的这句话让吴树琴彻底沉默了，她并非妥协，而是决定无声地抵抗。这个家已经让吴树琴感到失望，她唯一能做的选择，就是出逃，离开这个家，为自己寻一片广阔的天地。

吴树琴的另外两个同学也遇到了一样的困境，三个年轻人凑在一起一商量，下定了出逃的决心。可是，一想到该逃往何处，她们便陷入了同样的迷茫之中。

当时，安徽公学的校长名叫姚文采，他是吴树琴最信任的人。热心的姚文采为吴树琴挑选了一个地点——上海，他还叮嘱吴树琴，到了上海之后，就去投奔陶行知。

陶行知这个名字，对于吴树琴而言并不陌生。他们虽然素昧平生，但关于陶行知的事迹，吴树琴早已听说过。

陶行知也是安徽人，他出身于书香门第，早在1914年，便以第一名的成绩从金陵大学毕业。在他的毕业论文中，就已经体现出立志用教育来开发民智的思想。

后来，他前往海外留学，成为英国现代教育家杜威先生的得意弟子。学成归来后，国民党政府曾试图用高官厚禄来打动陶行知，然而，陶行知拒绝了，因为他心中有更伟大的理想，那就是让所有人都有接受教育的机会，改变我国教育落后的局面。他打算在中国建立多所学校，让更多的农民接受教育。

陶行知留学归来的时间，刚好是新文化运动高涨的时候。当时，文化界的名人纷纷走进高等学府，用激扬的文字将这场划时代的文化运动渲染得热火朝天。可是，陶行知偏偏反其道而行之，他一头扎进推进农村的教育事业中，打算筹集一百万元基金，招募一百万名志同道合的人，改造一百万个乡村，开办一百万所乡村学校。

为了在农村普及平民教育，陶行知还亲自编写教材，数年下来，中国农民的识字率大幅提升。1927年，陶行知在南京创办了一所师范学校，他亲自为开学典礼撰写了一副对联，上联是"和马牛羊鸡犬豕做朋友"，下联是"对稻粱菽麦黍稷下功夫"。这便是陶行知的办学宗旨。如此接地气的表达，很快便为学校吸纳了成千上万的学生，以至教室里的桌椅都不够用了。

当木匠师傅来为学校赶制桌椅时，陶行知又突发奇想，他告诉木匠师傅，如果能教会学生做一个凳子，就付给木匠一份工钱，如果教不会，就不付工钱。

他并非想占木匠师傅的便宜，而是将生活中的一点一滴都用来对学生进行教育。陶行知还对木匠师傅承诺，在教学生做桌椅的时候，让学生教他文化知识，比一比谁学得快。

在报纸上，吴树琴时常能看到陶行知发表的文章，当读到陶行知倡导人人平等的教学理念时，她心中的一团火便被点燃了。

可是，这位大名鼎鼎的教育家，会帮助自己这样一个默默无闻的小女子吗？姚文采似乎读出了吴树琴心中的忧虑，他贴心地告诉了吴树琴一个秘密。原来,陶行知从小便在安徽休宁的外婆家长大,这样算来,他与吴树琴还算得上同乡。而且,陶行知是个热心肠,念在同乡情谊的分上,一定愿意对一个诚心求学的女孩子伸出援手。

临行之前,姚文采再次叮嘱吴树琴,一定要保密去上海求学的事情。在休宁,吴家拥有一定的势力,如果事情泄露,恐怕求学的事情会遭遇阻拦。吴树琴牢记着姚文采的嘱托,与另外两位同学一起,登上了去往上海的火车。

吴树琴与陶行知在上海相识。果然像姚文采说的那样,陶行知是个热心肠。见到吴树琴一行人,他便给出了中肯的建议——让她们报考上海中法大学药学专修科,因为中药在中国有悠久的历史,将来一定会有用武之地。

原本,陶行知打算为吴树琴等人写一封入学推荐信,可是倔强的吴树琴拒绝了,既然铁了心出逃求学,就要凭借自己的真本事考上中法大学。

吴树琴满脸坚定的稚嫩模样,着实令陶行知惊叹。当时,陶行知已经成婚,他的妻子汪纯宜在一旁微笑着说道:"行知推荐了很多人入学,你们是第一个拒绝的,真是钦佩。"

吴树琴知道,如果要凭借真才实学考上大学,自己的法语基础还需要补习。她请陶行知帮自己介绍一位补习老师,没想到,陶行知竟然一口答应下来免费帮助她们补习法语。

这便是陶行知的贴心之处,他知道三个年轻人初来上海,身上一定没什么钱，况且，她们敢于出逃求学，堪称拥有非凡勇气的新时代女性，他愿意帮助这样的女孩子。分别之前，陶行知还温柔地叮嘱，女子求学艰难，如果遇到任何难处，都可以向他求助。

不久之后，吴树琴三人果然凭借自己的努力考上了中法大学，每当遇到学习上的难题，吴树琴都会向陶行知请教，陶行知也会热心地给予解答。那时的吴树琴对陶行知的情感，只建立在尊重的层面。毕竟他已有妻室，吴树琴也从未想过，自己有一天竟然能成为他的妻子。

陶行知与妻子汪纯宜青梅竹马，感情深厚，共同孕育了四个孩子。因为不肯向国民党政府妥协，陶行知曾被迫流亡日本，当时，汪纯宜扛下了所有家庭重担，还要时刻面对特务的威胁。

当陶行知从日本归来，汪纯宜已经面容憔悴，卧病在床。陶行知内心满是愧疚，觉得是自己把妻子拖累成这个样子的。

1936年，陶行知在全国抗日救国会的委托下，担任国民外交使节，出访多个国家和地区。与此同时，汪纯宜的病情也在日渐恶化。就在陶行知出访美国的时候，汪纯宜在上海不幸病故，没能与妻子见上最后一面，成为陶行知一生的遗憾。

吴树琴得知汪纯宜的死讯，便知道远在异乡的陶行知必定痛苦万分，于是，她给陶行知写去一封又一封的安慰信，希望通过文字的力量，缓解陶行知的丧妻之痛。

吴树琴的信，帮助陶行知打开了宣泄痛苦的闸门。他在信中诉说着自己的痛苦，与此同时，他听说吴树琴为了求学，遭受了许多误解和非议，便在信中对她进行安慰和鼓励。渐渐地，他们通过鸿雁传书，成为彼此情感上的支撑。只不过，两位当事人没有察觉到一种别样的情愫已经在字里行间逐渐发酵。他们在书信中写满了对彼此关怀的话语，两颗心也在无形中越靠越近。

当时虽然提倡女子求学，但很少有人愿意聘用女子。吴树琴毕业后，没有药物研究机构愿意聘用她，整整几个月，她都没有找到工作。迫于生计，她只好随便找了一家药房担任配药工，每天的工作只是为病人取药，机械而又乏味。

眼看着光阴就这样一点点虚度下去，吴树琴再也忍受不了了。就在这时，陶行知再一次从远方寄来信件，他说，自己正在香港筹备晓庄药物研究所，希望聘请吴树琴去香港研制奎宁的生产方法。

奎宁是一种治疗疟疾的特效药，能参与到这项工作中，必定会带来强烈的成就感。吴树琴在接到来信的第一时间，便辞去了药房的工作，迅速打点行装，奔赴香港。

她紧紧跟随陶行知的步伐，从香港辗转到重庆，终于将奎宁研制成功。在那个药物贫瘠的年代，掌握了奎宁的制作方法，便意味着掌握了一大笔财富。可是，陶行知并不想发国难财，他低价将奎宁出售给最需要的人，他的这一举动，终于赢得了吴树琴的芳心。虽然他们之间相差二十几岁,但吴树琴觉得,自己再也离不开这个拥有高尚品行的男人了。

随着感情不断升温,吴树琴与陶行知终于走到了谈婚论嫁的地步。那是1939年的一个冬夜,陶行知在一座花园里向吴树琴许下一生的承诺,他向吴树琴求婚,要与她共同组建一个家庭。

面对这份期盼已久的承诺,吴树琴害羞地点了点头。

当吴树琴将自己即将嫁给陶行知的消息写信告知父母时,立刻遭到了强烈的反对。他们认为,陶行知不仅年纪大,且出身贫寒,长期漂泊不定,用世俗的眼光来判断,他们丝毫不般配。

为了征得吴家父母的同意,陶行知又为二老写去一封诚恳的信。没想到,二老的怒火更盛了,他们没有将怒火撒在陶行知身上,而是给吴树琴写来一封声色俱厉的斥责信。

父母的呵斥,反而让吴树琴下定了决心。既然陶行知都有勇气大胆追求爱情,那么自己为什么还要犹豫呢?吴树琴不顾家人的反对,与陶行知举行了婚礼。在婚礼上,陶行知专门创作了一首《结婚歌》,并让音乐老师谱上曲子,作为他们的婚礼进行曲,也作为献给吴树琴的新婚礼物。

所有给宾客的请柬,都是陶行知亲笔写就的,他们的婚礼简单而又隆重,虽然没有张灯结彩,却有百余名师生的祝福。

当时的生活条件极其有限,他们的婚房也不过是一处用旧碉堡改造的房间。房间很小,只能容纳一张婚床,却丝毫不影响二人的甜蜜。

婚后的生活虽清贫,却温馨。吴树琴觉得一日三餐太简陋,便拿出自己的全部薪水补贴家用,饭桌上时常出现陶行知最爱的肉松和茶叶蛋,大方的陶行知经常把这些食物带去学校分给学生,吴树琴也不生气。

他们一边忙着兴办学校的大业,一边致力于抗战工作。陶行知经常四处发表抗战演说,与吴树琴聚少离多。吴树琴却从不埋怨,她理解丈夫所做的一切,唯一担心的便是丈夫的安危。

果然,陶行知的言行引起了国民党特务的警觉,每当遇到特务跟踪,吴树琴便主动为陶行知打掩护,用自己的身体挡住特务的视线,再让陶行知找机会悄悄逃跑。

抗战胜利之后,陶行知又加入民主战士的阵营,对国民党政府的腐败行为激烈批判。国民党政府终于露出了凶残的本性,一场除掉陶行知的阴谋,正在悄悄酝酿。

1946年,一批民主战士遭遇了国民党特务的暗杀,其中也包括李公朴和闻一多。那段时间,吴树琴每天都是在担惊受怕中度过的,她生怕自己的丈夫成为特务的下一个目标。可陶行知却冷静地说:"我等着第三枪。"

他甚至提前写好了遗书,在遗书中与吴树琴诀别。每当游行开始,陶行知总是冲在队伍的最前面,对此,吴树琴无数次泪流满面，却从未阻止过丈夫。

1946年7月25日，就在闻一多被枪杀后的第十天，陶行知因积劳成疾，突发脑出血昏倒。没过多久，陶行知便离开了人世。此时，他与吴树琴仅仅相伴八年，纵然吴树琴悲痛地呼唤，陶行知再也不能张开双手拥抱他亲爱的妻子了。

陶行知去世后，吴树琴整整三个月都无法成眠。那一年，吴树琴只有三十一岁，正是大好年华，但她却早已打定主意，用余生守护她与陶行知的爱情，再不嫁人了。

她保留着自己与陶行知的每一封信，那些信件见证了他们的爱情与婚姻。于她而言，八年婚姻虽短暂，却成就了彼此的爱。他们用爱守护着彼此的志向，他为教育事业奉献了自己的生命，而她，则蜕变成一名新时代的优秀女性。人生至此，还有什么可奢求的呢？

林觉民与陈意映

意映卿卿如晤

民国,一个新旧思想交替的时代,才子们忙着用新思想推翻封建统治,佳人们则忙着冲破世俗,呼唤女权意识的觉醒。当民国才子遇上民国佳人,便注定发生一段旷世佳话。在历史的长河中,有许多动人的爱情故事。林觉民与陈意映的爱情,却独树一帜,它不仅是两个人的深情眷恋,更与家国命运紧紧相连,奏响了一曲悲壮而又深沉的乐章。

林觉民生于1887年,他的老家在福建福州三坊七巷,林家是当地有名的书香望族。自幼,林觉民便被过继给了自己的亲叔叔林孝颖。林孝颖很疼爱这个来之不易的儿子,常常亲自教他读书写字。天资聪颖的林觉民无论学什么都很快,可是,随着年纪的增长,他对科举考试的厌恶也在逐渐加深。

林孝颖总是希望林觉民走上仕途，于是，他将十三岁的林觉民送上了童生考试的考场，叛逆的林觉民只在试卷上写了七个大字——"少年不望万户侯"，之后便交卷离场。

十五岁那年，林觉民以优异的成绩考入全闽大学堂（今福州一中）。那是一所提倡民主革命思想以及自由平等学说的学校，走进学校，他就爱上了这里的氛围，也很快便受到了同学们的欢迎。也是从那时开始，他拥有了"中国非革命无以自强"的革命意识。

不久之后，林觉民便成为"汉族独立会"的一员，开始从事联络福建陆军的工作。他经常发表救国演讲，讲台上的林觉民声情并茂，声泪俱下。他的演讲极具感染力，在场的听众无一不被他的革命救国的激情宣言所打动。然而，就是这样一位狂热的革命积极分子，也拥有属于自己的苦恼，那就是父亲为自己包办的婚姻。

好在，林孝颖并非一位封建的父亲，他虽然为林觉民包办了婚事，却也精挑细选了一位能与林觉民脾气秉性相投的女子。林觉民的未婚妻子便是陈意映，比林觉民小一岁，同样出身书香人家，自幼喜欢读书，文章写得也不错。

1905年，十八岁的林觉民迎娶了这位知书达理的大家闺秀。两个曾经素不相识的年轻人，因为一纸婚约，从此成为一家人。那一场声势浩大的婚礼，从此开启了他们相知相伴的人生。

直到婚后林觉民才知道，自己与新婚妻子竟然拥有如此之多的共同爱好，并且，她生性天真烂漫，两人在一起无话不谈，怎么聊也聊不够。

一段琴瑟和鸣的美满婚姻，正在位于福州闹市区杨桥巷十七号的一座二层小楼里缓缓进行。这对恩爱的小夫妻为自己的居所取了一个浪漫的名字——"双栖楼"，他们在楼前栽上芭蕉和梅树，无论春暖花开，还是寒冬落雪，房前屋后都有无尽的雅趣。

婚后，林觉民在家里开办了一所女学，陈意映便成为第一个报名的学生。她不仅自己报名，还动员家中的姑嫂也来入学。很快，林觉民便收了十几个女学生，他教她们学习国文，为她们介绍西方男女平等的思想。曾经缠过足的陈意映早就对封建礼教深恶痛绝，自从听过林觉民的课，她便说服父母不要再为妹妹缠足，自己又带头放开了缠过的双足，立志成为一名新时代女性。

浓情蜜意的婚后生活仅持续了两年，林觉民与陈意映便不得不迎来一次离别。1907年，林觉民从全闽大学堂毕业，东渡日本，自费留学。在分别的日子里，他们每一天都在牵挂着彼此。为了早日完成学业，林觉民成了学校里最刻苦的学生，甚至把吃饭和睡觉的时间都用来学习。

国内的局势变得越来越差，危难关头，林觉民的革命热情越发激昂。他身怀赤子热血，以中国人的脊梁与丹心为魂。当山河破碎、国势飘摇,他深知亡国危机如乌云压城。为救民族于危亡,他挺身而出,立志斩断沉疴枷锁、重塑祖国生机。即便前路荆棘丛生、生死未卜,甚至需以生命为代价,他也毫不退缩。

带着满腔报国热忱,林觉民在日本加入了中国同盟会,从此为了革命事业四处奔走。借着暑假回国探亲的机会,他与家乡的中国同盟会成员秘密联系,所有的革命工作,林觉民都是秘密完成的,唯独对一人也就是妻子陈意映毫不隐瞒。

陈意映当然知道革命的风险,一不留神便可能丧命。但是,她支持丈夫的革命事业,为了救国,她甚至主动为林觉民的革命事业提供帮助。当林觉民与中国同盟会的成员秘密聚会时,陈意映便在旁边望风。她深知,危险就在身边,一想到此处,她便再也不舍得与丈夫长久分离。那日,她温柔地向丈夫提出了自己的请求:今后如有远行,一定要带上她。她的语气温柔,眼神却无比坚定,或许连林觉民自己都未曾想到,父亲为自己包办的这段婚姻,竟然让他拥有了一位亲密的革命战友。

原本,中国同盟会准备在福州进行一场大规模起义,林觉民自然要参与。不过,之前的几次起义都没能成功,经过中国同盟会成员的慎重商议,最终将起义的地点定在了广州。

为了参加广州起义,林觉民临时决定从日本回国。平时,林觉民只有在暑假才会回国,这次突然的行程,引起了父亲的猜疑。林觉民骗父亲说,学校放假了,自己便带着日本的同学回国游览江浙一带风光。可陈意映却已经猜出,丈夫此番回国,必有大事要办。

她将所有的担忧深深埋在心底,没有多问一句。她甚至在心底里暗暗发誓,如果丈夫需要,她一定帮助他完成伟大的革命事业。

林觉民在家里住了十来天,每天都很忙碌。陈意映后来才知道,林觉民利用这段时间,与中国同盟会的成员制造了大批炸药,打算将炸药送往香港,为广州起义做准备。只是,运送这么大批量的炸药,如何掩人耳目?为此,林觉民想到了一个好办法:将炸药装进一口棺材里,再找一名女子伪装成送葬的妇人,借着扶棺下葬的名义,将棺材运往香港。

得知丈夫的计划,陈意映主动请缨。可是,陈意映当时已经怀有八个月的身孕,行动不便,一旦发生意外,她可能无法逃脱。林觉民思来想去,还是舍不得让妻子冒这个险。

1911年4月9日,陈意映带着满腔不舍,为林觉民送别。她将眼泪吞进肚子里,生怕自己的不舍会成为丈夫革命事业上的负担。直到林觉民的身影随着轮船渐行渐远,最终消失于海平面,陈意映才任由自己的情绪宣泄出来,泣不成声。

运送炸药的行程十分顺利,没想到,中国同盟会内部却出现了内奸。得知中国同盟会即将在广州起义,清政府派出了大批军队赶到广州,对中国同盟会成员大肆抓捕,中国同盟会部分秘密机关也遭到破坏。无奈之下，起义的领导人黄兴只得临时更改了起义的时间。

每一个参与起义的人，都已经预感到死亡的来临。然而，对于一心革命的人而言，死亡又有何可惧？林觉民认为，或许死亡可以唤醒更多同胞的革命热忱，想到此处，死亡似乎变得更加有意义了，只不过，一想到无法对抚养自己的父亲尽孝，还是难免有些遗憾。于是，林觉民在夜色中，翻出了两块整洁的手帕，回想着与家人共度的温馨时光，他为父亲和妻子各自留下了一封信。

写给父亲的那一封信，题为《禀父书》，林觉民没有长篇大论，只用短短数十字，向父亲表达了对养育之恩的感谢、对不能尽孝的歉意，以及革命救国的意义。信中字句感人肺腑，他只希望父亲不要为自己的死而过度伤心。

至于写给妻子陈意映的那一封信，题为《与妻书》，林觉民一提笔，便觉得复杂的情感在心头翻涌，哪怕写上千言万语，也道不尽思念，诉不尽别离。

他在信中告诉陈意映，自己是带着对她的爱慷慨赴死的，她的爱也是林觉民为民族、为同胞舍生取义的勇气。或许，死亡是一个残忍的字眼，可若用一人的死亡，换取天下有情人都成眷属，换取天下太平，那死亡便是一件有意义的事。

还记得新婚时，林觉民曾深情地对陈意映说："如果可能，我希望你比我先死。"陈意映原本还有些生气，当听完林觉民接下来的话,她便认定,这是全天下最深情的告白。林觉民温柔地说:"若我先死,你必定承受不住失去我的悲痛,让你独自一人承担悲痛,我也不舍,所以我希望你先死,让我一人来承担这悲痛吧。"

那时的他们都不曾想过,死亡竟然这么快就要降临。若可以,谁不愿与相爱之人相守到白头?可是,若看到那么多人在不该死亡的时刻死去,谁又能安心固守一隅的甜蜜?

他们的长子林依新已经五岁,另一个孩子也即将降生。林觉民希望她是一个可爱的女儿,像妻子一样美丽温婉。若是一个儿子,他自然也是欢喜的。待儿子长大后,让他从故事里了解这个素未谋面的父亲。能有两个孩子陪伴在陈意映身边,让林觉民感到些许安慰。或许,他死后,陈意映母子三人会过上清苦的日子,但若能生活清静安稳,便已经是幸事了。

第二天,林觉民将写好的两封信交给一位信任的朋友,他再三叮嘱,若自己死了,请朋友将信件转交给他的父亲和妻子。

1911年4月27日下午5时30分,起义正式开始。当林觉民与上百名起义者攻入两广总督署时,却惊讶地发现那里早已人去楼空。他们立刻意识到有埋伏,准备迅速撤退,但已经来不及了。镇压起义的清军已经赶来,经过一番激战,大批起义者惨死在清军刀下,林觉民也不幸被捕。这场仓促开始的起义,最后还是以失败告终。

那一日，负责审讯林觉民的，是两广总督张鸣岐和水师提督李准。在强权面前，林觉民毫无惧色，他慷慨激昂地向两位审讯官讲述着民族大义，谈论着天下局势，探讨着先进思想与革命救国的意义。李准被林觉民的英勇气概打动，甚至主动解开了他的镣铐，还让人为林觉民搬来一把椅子。

可惜，林觉民虽打动了李准，却没能打动张鸣岐。张鸣岐虽然钦佩林觉民的慷慨大义，却不能让他助长革命党的势力。最终，林觉民还是被判了死刑，在刑场上英勇就义。而远在福州的陈意映，还在翘首企盼着丈夫的归来。她每天都会站在门口，望着远方，心中充满了思念和担忧。直到有一天，有人在半夜里秘密将林觉民的两封信塞进了她家的门缝里。第二天清晨，家人发现了这两封信。陈意映颤抖着双手，打开了那封写给自己的信。当她看到信中的内容时，顿时泪如雨下，悲痛欲绝。她无法接受丈夫已经离去的事实，心中充满了绝望和痛苦。她仿佛看到了丈夫在战场上英勇奋战的身影，又仿佛听到了他温柔的话语和深情的嘱咐。

陈意映收到林觉民的绝笔信，读到开篇的那一句"意映卿卿如晤：吾今以此书与汝永别矣！"心中便只剩下了一个念头，那就是随他而去。然而，此时的她已经怀有身孕，腹中的孩子是她与丈夫爱情的结晶，也是丈夫生命的延续。看着年幼的长子依新，她心中充满了不舍。她知道，自己不能就这样轻易地放弃生命，她要为了孩子坚强地活下去。

林觉民的父母向着陈意映下跪以此挽留她的生命，希望她好好活下去。为了两个孩子，陈意映含泪点头，然而，失去丈夫的悲伤，笼罩着她的余生。失去丈夫的痛苦如影随形，生活的重担也压得她喘不过气来。尽管她努力地想要坚强，但内心的伤痛却始终无法愈合。每一个夜晚，她都会在梦中与林觉民相见，醒来后，却只能面对空荡荡的房间，泪水浸湿了枕巾。

1913年，陈意映因悲伤过度，抑郁而亡，年仅二十二岁。她的离去，让人们感到无比惋惜和悲痛。她与林觉民的爱情故事，成为一段永恒的传奇，被人们传颂至今。

高君宇与石评梅

一片红叶寄相思

民国多才女。她们有自己的思想,有自己的追求,她们身上完美融合了古老东方的温柔典雅和先进西方的睿智开明。这是一群独立的新女性,是民国的瑰宝。她们为了解放自己而走到了时代的前沿,她们争先恐后地发出自己的声音,她们迅速进入学堂、市场和战场,为了争取做人的权利而奋斗。这些灵动的女儿们,多彩而鲜艳,是铿锵玫瑰、傲霜英华,是民国最独特、最美好的色彩。

与张爱玲、萧红、吕碧城齐名的"民国四大才女"之一的石评梅,正是这样的人物,她才华横溢、理想远大,正像是一朵傲雪独放的高洁的梅花。

1902年,石评梅出生在山西平定的一个书香世家。父亲石铭,字鼎丞,乃是清末举人;晚来得女,让石铭甚是惊喜,将之视作上天的馈赠,给予了她最多的宠爱和包容。满腹文墨的他替爱女取乳名为"元珠",学名为"汝壁",希望她能饱读诗书,养成温润如玉的品性,同时也有掌上明珠、无价瑰宝之意。

父母为女儿的启蒙教育费尽心思,三四岁时父亲就亲自教她认字,平日里慈爱的父亲此时变成了严师,哪怕为了教一个生僻字到深夜,他也毫不松懈。石评梅再稍大一些就进入了当地的小学,与同龄儿童一起接受新式教育,茶余饭后,父亲又向她讲解传授四书五经、诗词歌赋。她的母亲也是当地小有名气的才女,喜欢书画,在石评梅的教育中同样扮演了良师的角色。

虽然受到了最正宗的儒学启蒙,但她却不会成长为迂腐守旧的卫道士,因为父母都是开明的,又偏宠她,自然不会抑制她发展自己的兴趣爱好,平时也会格外注重培养女儿独立思考的能力。

辛亥革命后不久,石铭到省城太原的山西省立图书馆任职,石评梅跟随父亲来到了太原,进入太原师范附属小学就读,毕业后直接升入太原女子师范学校。她天资聪颖又勤奋好学,加之有良好的家庭教育作为底蕴,很快就从同龄人中脱颖而出。

某年春节,从小就偏爱梅花的石评梅画了一幅雪景梅花图,并自己赋诗一首:"有梅无雪不精神,有雪无诗俗了人。日暮诗成天又雪,与梅并做十分春。"笔法老练,立意不俗,对梅花的认识颇有自己的独到见解,一时广为传颂,甚至引来县城一些知名老学者的观赏和赞誉,晋东才女的声名更是不胫而走。

1919年暑假,石评梅从太原女师毕业,考入北京女子高等师范学校。她本来要报考女高师的国文科,但是当年国文科不招生,权衡利弊之后,她考入了体育系。

在当时绝大多数人眼中,女子并不需要这样高的学历,能够识字读书就足够了。石评梅何其有幸生在一个开明的家庭,父亲在她求学一事上给予了最大的支持和鼓励。他甚至辗转打听到同在北京求学的同乡学生吴天放,多方找人联络,拜托他多多照顾自己的宝贝女儿,却不料遇人不淑,将自己天真懵懂的女儿送进了一段误终身的爱情里。

在石铭眼中,吴天放是知根知底的山西同乡,是靠自己的努力考进北大的有志青年。他年长,又在北京多生活了几年,自然是有一些经验可以分享给石评梅的。

在石评梅的眼中,这是陌生城市里最熟悉的人了,何况他还是那样风流倜傥。他与自己之前所遇到的任何一个男子都不同,他学识渊博、为人善良,能够在生活上给自己最无私的帮助,任何问题到他这儿总能迎刃而解。他还能够在学业上与自己相互切磋,文学、时事、电影,总有聊都聊不完的话题;周末和节假日,吴天放就陪着自己满北京城逛,以免她想家感到孤单。她渐渐觉得,自己似乎很盼望见到吴天放……

吴天放当然能够察觉到这个小女孩儿眼神中的倾慕,他似乎很享受这种被崇拜的感觉,如果能更进一步发展,也是一段不错的爱情。

吴天放很懂得如何打动女孩子的心,他知道投其所好是最佳的方法。一次两人在公园同游,吴天放装作不经意地把话题引向了梅花,并且恰到好处地拿出了自己精心准备的礼物:一沓精美的印花信笺。石评梅接过礼物,只见每页信笺上都有一枝姿态各异的梅花并配有咏梅的诗句,"万花敢向雪中出,一树独先天下春""江南无所有,聊赠一枝梅",等等。她不禁嘴角微微扬起,甚是喜欢这份用心的礼物。信笺更精巧的地方在于每一页的下方都印着"评梅用笺"四字,少女的心顿时被这小小的印章打动了。

听着吴天放讲论南宋范成大的《范村梅谱》,在很多地方都与自己的观点不谋而合,她不禁感叹:"想不到吴君对梅花谱有这么深的研究。"

吴天放立刻回应:"因为我爱梅!"弦外之音叫石评梅羞涩不已。

这份知音之交很快就发展成了爱情,这是石评梅的初恋,她一直都很庆幸遇到了知己吴天放,他浪漫多情、体贴周到,几乎满足了自己对爱情的所有幻想。

若不是偶然,她根本就不会发现吴天放的小秘密。她从来都是去宿舍找他,这次却突发奇想来到了他的住所,她在巷子口问一个小孩儿吴天放的家在哪儿?孩子天真地带她前去,她还来不及握住恋人的手,就听到那个小孩儿脆生生地叫了一声"爸爸",接着撞见了他的妻子。

石评梅自己都不知道是如何走出来的,她不记得吴天放追来时说了些什么,她脑海中有一个声音一直在说:他竟然结婚了!他明明跟自己说是单身,是第一次爱上一个女孩儿,为什么他的孩子都那么大了。别人是不是早就知道了,只有自己被蒙在鼓里。被欺骗之后的愤怒、伤心、怨怼全都乱哄哄地在她心里游走,猛烈的情绪几乎就要逃窜出来了,她只觉得天旋地转,整个世界都黑暗了。

石评梅怒斥吴天放:"你毁了我一生。"原以为美好浪漫的爱情突然露出最丑恶的一面,甚至没有一个缓冲让她稍微适应一下,她顿时对爱情死了心,下定决心这辈子决不再恋爱、决不结婚,要做"独身主义者"。

在极端的忧伤中,她给好友高君宇的信件中也难免掺杂了悲哀的情感色彩,在此之前,他们只谈论时事、谈论理想,这样的情况是前所未有的。高君宇也是山西人,更为有缘的是,他曾是石评梅父亲的学生。1896年,高君宇出生于山西省一个富商家庭,1916年,考入北京大学,在这里接受新思想的启蒙教育,时常在老师李大钊处,与志同道合的师友共同研究马克思主义理论，力求寻找改造中国社会的方法和道路。五四运动时，高君宇作为北京大学的学生领袖，是反帝爱国运动的主要骨干。

那天，他同爱国学生一起冲入卖国贼曹汝霖的住宅，痛打章宗祥并火烧赵家楼。1920年3月，在李大钊的指导下，高君宇和邓中夏等学生一起秘密成立了我国最早研究、宣传马克思主义的团体——马克思学说研究会。1921年高君宇加入中国共产党。

这样的高君宇，优秀而先进，自从1920年两人在一次山西会馆的同乡会上相识，石评梅就一直把他当作自己精神上的师长，两人一直都有书信上的联系。不过，仅仅是讨论理想而已，她对高君宇并没有别的感情。即便在目前的情况下，也只把他当作可以倾诉的对象。

1923年4月，石评梅在给高君宇的信中诉说自己有"说不出的悲哀"，并嘱高君宇"以后行踪随告，俾相研究"，希望自己能够将生活的重心从失败的爱情中转移出来，将自己的精力投入到为人生、为家国的大事中去。不久，她就收到了高君宇的回信，他一面担心好友"为何而起了悲哀"，一面真诚地表示"视我责如能救济，恐我没有这大力量罢（吧）？我们常通信就是了"。

在认识了数年以后，高石两人的关系终于有了进一步的发展，他们的通信内容终于有个人的情感生活加入了。这一年中秋，高君宇手书刘禹锡的《陋室铭》赠给石评梅，她将其贴在墙上以供观赏。高君宇对于石评梅而言，是精神上的领路人，他润物细无声地进入她的生活、她的思想，只是她自己尚未意识到而已。

无论是家世、品性，还是文学修养、人生选择，他们两个人从哪个角度来看都是最合适的，是天造地设的一对儿。鸿雁传书，更传情，在石评梅对高君宇暗生情愫的时候，高君宇早已陷入对她炽热的爱里难以自拔了。

这年夏天，石评梅从北京女高师范毕业后，受聘于母校的附属中学，留在了北京。

这年秋天，在西山养病的高君宇终于忍不住要倾诉自己的爱了，他寄来了一片火红的枫叶，上面用毛笔写着："满山秋色关不住，一片红叶寄相思。"短短十四个字，尽显自己的火热的心。

可是这突如其来的求爱信却让石评梅陷入深深的矛盾和忧愁里，她的确对高君宇渐渐有了好感，然而上一段感情让她甚为受伤，她还无法相信爱情，她立志要做单身主义者。

他们都知道，横亘在两人中间的最大的阻碍，乃是高君宇的婚姻问题。对石评梅来说，高君宇和吴天放一样，都是有家庭的，虽然他没有隐瞒自己，也曾坦言这段包办婚姻里没有爱情，她却始终无法说服自己。万一又被欺骗呢？她的心再也承受不了那样巨大的伤害了，还不如一开始就不要爱情。

对高君宇来讲，他以已婚的身份去追求自己心中的佳人，本身就是一种不尊重，是对爱情的亵渎。他抽空回家，与自己的妻子彻夜长谈，细细地把一切道理都讲给她听，叫她知晓她自己也有追求爱情的权利，不该为这无爱的婚姻牵绊。最终，他们离婚了，他自由了，他满心欢喜地奔向自己的梅花……

然而，石评梅却陷入了更深的纠结之中。她一方面被高君宇的深情和决心打动，内心深处对高君宇的爱意也愈发浓烈；另一方面，她又受到传统道德观念的束缚，担心自己成为破坏他人家庭的罪人，给高君宇的妻子带来伤害。她不断地在理智与情感之间徘徊，内心痛苦不堪。她在日记中倾诉着自己的矛盾："我宁愿牺牲个人的幸福，而不愿侵犯别人的利益，更不愿拿别人的幸福作自己的幸福。"她劝高君宇慎重考虑，不要因为自己而做出冲动的决定。她又一次拒绝了他。

就这样他们以朋友的身份相处着，反正生命还很长，他有的是机会慢慢地感动她。

这份尚在萌芽的爱情还没有强大到让她战胜自己的心魔，让她放弃过往勇敢地追求自己的所爱。又一次被拒绝的高君宇内心十分痛苦，他明明能够感受到来自石评梅的爱意，却不知道如何鼓励自己的女孩儿相信爱情。他爱她，他愿意尊重她："你的所愿，我愿赴汤蹈火以求之；你的所不愿，我愿赴汤蹈火以阻之。不能这样，我怎能说是爱你！"

1924年，石评梅不小心感染了猩红热，高烧昏迷不醒，这是一种传染性极强的流行病,高君宇却全然不在乎,他守在她身边喂药喂水,悉心照料她。最终,石评梅在他的陪伴下渡过了这个难关,心中的感激和谢意自然无须多言。或许,她也是以为自己有足够多的时间来慢慢接受、慢慢相爱的吧。

10月,高君宇作为孙中山的助手指挥镇压广州商团的叛乱。在一次意外事故中,他的汽车遭到恐怖分子枪击,所幸大难不死,只有手部受了伤。与死亡擦肩而过的他,更加清楚地看到了自己的内心。他知道从事这样一份工作虽然意义伟大却十分危险,他不怕牺牲,却害怕生命留有遗憾。

于是在石评梅的生日那天,他送上了自己精心挑选的象牙戒指,希望这最坚定的告白能给她送去爱的勇气。他随信写道:"我是有两个世界的,一个世界一切都是属于你的,我是连灵魂都永禁的俘虏;在另一个世界里,我是不属于你的,更不属于我自己,我只是历史使命的走卒。"爱情和理想,成了高君宇的全世界,他把自己的心都交到了石评梅手中,却又有一丝丝害怕,害怕她还是不接受,他在附信中说:"愿你承受了它。或许你不忍,再令它如红叶一样的命运吧。我尊重你的意愿,只希望用象牙戒指的洁白坚固,纪念我们的冰雪友情吧……"

这对象征着冰雪友情的象牙戒指,最终被石评梅戴在了手上,这或许是一种回应吧。

只可惜他没有机会得到更多更直接的回应了。

1925年3月，高君宇因为急性盲肠炎住院，石评梅在看望时，依旧在请求他理解自己追求独身的夙愿，他回复："珠，放心。我原谅你，至死我也能了解你，我不原谅时我不会这样缠绵地爱你了。但是，珠！一颗心的盼赐，不是病和死换来的……我现在不希望得到你的怜悯同情，我只让你知道世界上有我是最敬爱你的……"

一边是他越来越火热的不懈追求，一边是自己渐渐动摇的心，看着病重的他因为自己的到来而眼中放出光芒来，她受到了深深的震动，似乎就要相信这爱情、投入他的怀抱了，她许下了自己的第一个诺言："你若果真能静心养病，我们的问题，当在你病好时解决。"

她带着自己担忧和犹豫的心离去，却不想这竟是诀别，他终究没有等到"病好时解决"的这一天。3月5日，高君宇因手术后大出血而孤独地死去，年仅二十九岁。

石评梅惊闻此噩耗后，数次昏厥，她不敢相信世上最爱自己的那个人已经走了，他居然等不到自己回应的那一天。直到死去，他都是孤独的，而这孤独，乃是自己的自私、怯弱和执拗造成的。她永远都不会原谅自己了。她不敢相信，那个充满活力、满怀壮志的高君宇，那个一直深爱着她、给予她无数关怀和鼓励的高君宇，竟然就这样离开了她。

石评梅的好友曾回忆："用她自己的话说，她既是封建礼教的反抗者，又是世俗'人言可畏'面前的弱者。"

因为害怕尚未出现的种种变故,她生命中最珍贵的爱情,原本浓墨重彩的爱情,还没开始就结束了。

高君宇入殓时,石评梅将自己的照片作为陪葬。

她遵从高君宇的遗愿,将其安葬在陶然亭畔,那是他从事革命活动的地方,也是他们俩爱情开始的地方。

她在高君宇的墓碑上刻上了他生前的诗句:

> 我是宝剑,
> 我是火花,
> 我愿生如闪电之耀亮,
> 我愿死如彗星之迅忽。

这是他一生最好的写照:在理想面前,他是坚挺的革命之剑;在爱情面前,他是永远炽热的火花。

如今,他将成为石评梅一生的遗恨和怀念了,正如她在他的墓碑上所写的那样:"君宇,我无力挽住你迅忽如彗星之生命,我只有把剩下的泪流到你坟头,直到我不能来看你的时候。"

她的《墓畔哀歌》成了两人爱情最后的绝响,刻骨的思念、真切的爱情此时再没有顾虑、没有犹豫。她说:"我爱,这一杯苦酒细细斟,邀残月与孤星和泪共饮,不管黄昏,不论夜深,醉卧在你墓碑旁,任霜露侵凌吧!我再不醒……假如我的眼泪真凝成一粒一粒珍珠，到如今我已替你缀织成绕你玉颈的围巾。假如我的相思真化作一颗一颗的红豆，到如今我已替你堆集永久勿忘的爱心。我愿意燃烧我的肉身化成灰烬，我愿放浪我的热情怒涛汹涌，让我再见见你的英魂。"

然而，再也不可能见到了，她只能在香山的红叶里默默地怀念，只能在革命道路上独自前行。

1928年9月，二十六岁的石评梅病逝于北京。她和高君宇病逝在同一家医院的同一间病房，而且都是在凌晨离开。

直到入殓，她的手上仍然戴着高君宇所赠的象牙戒指。此时，这戒指所代表的已经不是冰雪一样纯粹的友谊了，而是比蒲草还要坚韧的爱情。好友深知她情深义重，按照她"生前未能相依共处，愿死后得并葬荒丘"的遗愿，将其葬在了陶然亭畔、高君宇墓旁。

那是他们爱情开始的地方。

若是爱情能回到最初的时刻，她一定会勇敢地收下那枚红叶，勇敢地拥抱爱情吧！

毕竟，生命那样短暂，若是没有爱情，该是多么不幸。

后记

亲爱的读者,当你轻轻合上这本书,那些爱情故事中的悲欢离合是否还在你的心头萦绕?感谢你一路以来的陪伴,陪着书中的人物经历他们的爱情旅程,或甜蜜,或苦涩,或圆满,或遗憾。每次写作的过程都是一次自我修行。写别人的故事尤其如此,要在纷杂的资料中找到自己需要的那些素材,理出一场爱情的脉络,从来都不是一件简单的事情。

在创作这些故事的时候,我常常沉浸其中,仿佛自己也置身于那个时代,亲身感受着他们的爱情故事。每一个故事,都是我精心编织的梦,希望能带给你不一样的感动和思考。我深知,爱情是人类永恒的主题,无论时代如何变迁,人们对爱情的追求和向往从未改变。每一个爱情故事,虽然发生在特定的历史背景下,但它们所蕴含的情感力量,却穿越时空,依然能触动我们的心灵。

在那些遥远的年代里，政治倾轧、饥寒疾病、颠沛流离都可能让爱情在最灿烂的时候戛然而止，都可能叫生离变成死别，从而爱情也就永远定格在那里，来不及发展为亲情，来不及归于平淡。有的时候，甚至就是自身的疯狂招致了毁灭。

我想通过文字，将爱情的美好与复杂展现给读者，让大家感受到爱情的力量。它不仅仅是花前月下的浪漫，更是在平凡日子里相互陪伴、相互理解的坚守；是在困难面前不离不弃、携手共进的勇气；是在岁月长河中，那份始终不变的初心与执着。每一段爱情都有其独特的旋律，或激昂，或舒缓，但都能奏响心灵的乐章。我希望通过这些故事，让读者在别人的爱情中找到自己的影子，回忆起那些曾经心动的瞬间，珍惜身边的爱人，相信爱情的美好。

彼时，山水很远，车马很慢，书信就成了两个相爱的人之间缠绕的红线；此刻，山水遥遥，车马却快，科技的飞速发展让人即便分散在天涯也能即时传递声音和画面，彼此之间的距离好像是近了，却又变远了。一场遇见，便是一生的姻缘。一次携手，便是一世纠缠。他们遇上爱情，便成了传奇。

爱情的永恒与无常，也是爱情的魅力所在。我们常常渴望爱情能够永恒不变，像童话故事中的王子和公主一样，从此过上幸福美满的生活。然而，现实却告诉我们，爱情是无常的，它可能会因为时间、距离、性格、价值观等因素而发生变化。

希望你能从这些故事中汲取力量，感受到爱情的永恒魅力。无论生活中遇到多少困难和挫折，都不要放弃对爱情的信仰。愿你在未来的日子里，能拥有属于自己的美好爱情，像书中的人物一样，勇敢地去爱，去追求自己的幸福。